傣族英雄史诗
၃ သသၢ ၁ၛ္တြ
乌莎巴罗

第五卷

主编◎西双版纳傣族自治州少数民族研究所
主持翻译◎岩　香
整理◎罗俊新
主审◎刀世勋　祜巴龙庄勐
本卷绘画◎车　白

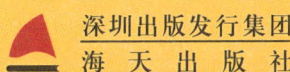

目录

第五卷

第五十四章	帕亨达挥师讨伐　　勐邦果首战告捷	1149
第五十五章	帕农板弃暗投明　　帕板王众叛亲离	1179
第五十六章	帕巴罗战胜敌顽　　帕板王哭祭亡灵	1235
第五十七章	迦湿城四面楚歌　　帕板王垂死挣扎	1273
第五十八章	帕农板泄露天机　　十头王命赴黄泉	1301
第五十九章	农板王子当国王　　举行葬礼尽孝心	1331
第 六 十 章	帕巴罗迎娶乌莎　　帕亨达凯旋回国	1377

勐邦果联军浩浩荡荡威武壮观——第五十四章

拴线仪式上的巴罗与乌莎 —— 第五十四章

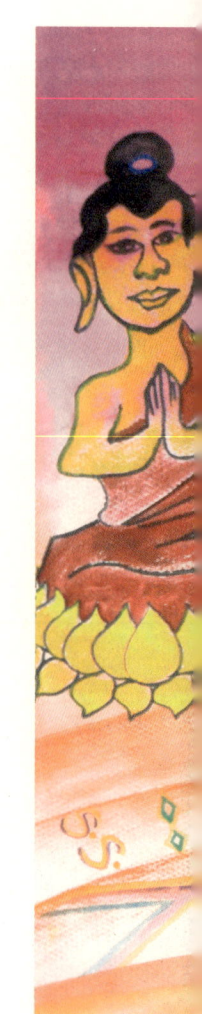

帕农板王子弃暗投明——第五十五章

勐邦果联军大战勐迦湿联军（一）
——第五十五章

勐邦果联军大战勐迦湿联军(二)
——第五十六章

勐迦湿王城四面楚歌 —— 第五十七章

帕板捧麻典一意孤行——第五十七章

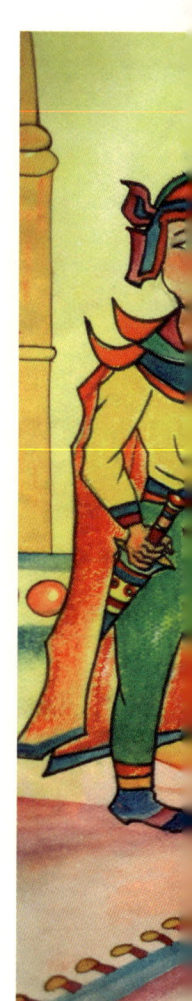

十头王命丧战场 —— 第五十八章

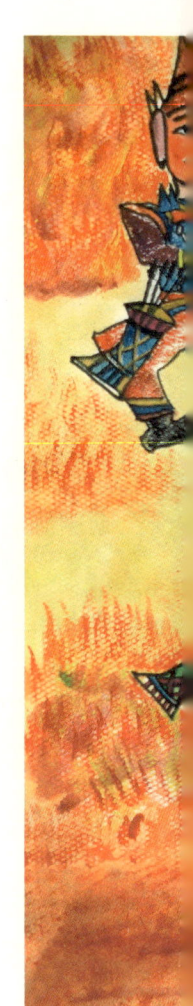

失去丈夫的寡妇们 —— 第六十章

勐邦果联军凯旋回国 —— 第六十章

第五十四章

帕亨达挥师讨伐
勐邦果首战告捷

现在我还得唠叨,
歌唱勐邦果和它的盟邦,
讲它们如何做充分准备,
再讲它们如何出兵宣战。

话说使臣回到勐邦果后,
帕亨达详细了解情况,
谈判失败是意料之中,
王爷觉得顺理成章。

王爷按照早先的计划,
进一步调兵遣将,
他认为应该增大兵力,
发动更多的勐来参战。

根据经书上的记载,
当时动员的地域范围非常广,
据说涉及整个大洋洲,
四大部洲的军队都来参战。

一是大罗麻有二十二个勐,
都是神仙王国的精兵强将,
二是英格利联邦的二十六个勐,
三是昂古拉迪大联邦。

昂古拉迪共有二十四个勐,
这二十四个勐全是友好盟邦,
他们都答应出兵,
共同讨伐勐迦湿国王。

四是西典达诸国，
也是二十四个大勐组成的联邦，
五是帕哥拉迪诸国，
也是二十四个大勐组成的联邦。

帕巴罗的父亲帕丙比桑，
他亲自统领大兵来参战，
他的兵力达到一阿呵，
另有九百八十万头战象。

他的装备非常精良，
盾牌加上钉子铁板，
大刀和长矛非常坚硬，
都是上等精铁打制不缺不锩。

前来参战的国家，
总共有一百二十四个，
前来参战的兵力，
多达一百二十八阿呵。

除了主力还有预备队，
预备队多达九阿呵，
将士们都带着弓弩刀剑，
从头到脚全副武装。

将士们雄赳赳气昂昂，
铁盾牌和宝剑闪闪发光，
除此还有大批战象战马，
战象头数达到十三亿九千万。

战马有五阿呵九百八十多万匹，
将领专骑和运输的马匹还不算，
大将领乘坐大象走在前头，
出征的军队显得特别雄壮。

帕亨达王爷是最高统帅，
各路军队到齐后进行编队，
他向大部队颁布命令，
把军队分成四路。

他任命前线总指挥，
又任命八万名大将领，
小将领多达一阿呵人数，
统一带领各部队作战。

各部队的头目分工非常明细，
从大将领到小将领井然有序，
大将领手下还配备文官，
各部队有两万五千名文官。

帕亨达老王爷经验丰富，
既考虑前方又考虑后方，
他安排好各部队大将领，
又安排一万名后勤官员。

他们负责粮草物资供应，
确保前方顺利作战，
后方人员的队伍也很庞大，
押运人员有三阿呵。

为了确保战争能取胜，
老王爷考虑周到，
每个重要的环节，
都安排亲信掌管。

他任命儿子帕丙比桑，
作为全勐头人的总管，
然后要他物色能干的人，
分头把关预防内乱。

王爷还挑选一批射箭能手，
这些人武功技艺都很强，
被挑选出来的弓箭手，
就有九千八百九十八万名。

这些弓箭手命中率极高，
几乎百发百中不挂空弦，
准确程度细致入微，
甚至针眼也能射穿。

这一部分神射手是主力，
都经过老王爷检验才能过关，
这些人专门编成弓箭队，
由老王爷直接派遣。

老王爷又着手组建火战队，
他要求这支军队喷射出的火焰，
能将目标地变成火的海洋，
火战队也有九千八百九十八万名。

老王爷还组建了一支特殊部队，
他们能利用砂石打仗，
这些人抛出的砂石啊，
落到地上就会变得通红火烫。

还有一部分部队配备了土枪。
能抵御七倍于自己的敌人，
敌人如果见到这支军队，
都会吓出冷汗。

还有布塔的部队，
由布塔国王担任总头目，
这支军队配备有望远镜，
打击敌人百发百中。

他们射出的火箭会发光，
夜空像白天一样明亮，
另一部分军队装备有神斧，
专门开路架桥打前站。

还有一支军队负责医护，
战场上救死扶伤。
他们还会防治传染病，
确保战士身体健康，

王爷安排完毕，
终于神定心安，
他清点各路军队，
每路部队都实力强大。

　　　　老王爷办事有板有眼，
　　　　出征要选择良辰吉日，
　　　　他对此也作了精心安排，
　　　　把大国师请来占卜推算。

　　　　大国师根据年月日时辰，
　　　　按照五行八卦反复推算，
　　　　　终于算出了吉祥日子，
　　　　他断定一定能打胜仗：

　　　　　　"按奴才们推算，
　　　　这个日子能战胜任何敌人，
　　　　因为我们的王国名称好听，
　　　　勐邦果国的国名最吉祥。

　　　　"它在人世间像花园一样，
　　　　　　环境优美气味芬芳，
　　　　　　有天堂上一样的香气，
　　　　因此所向无敌永远吉祥。

　　　　"其实勐迦湿国也很不错，
　　　　　　　　但是并不美满，
　　　　它在八卦中处于我国名下，
　　　　它永远都是我国的败将。

　　　　"更何况他们违反了天规，
　　　　　　　违反天规引来灾难，
　　　　　　他们的末日已经来临，
　　　　　　他们的命运不会长久。

　　　"常言道得道多助失道寡助，
　　　　违背天意的人绝无好下场，
　　　　这就注定了他们失败的命运，
　　　　也预示着我们胜利在望。

　　　　　　"我们的各个国家，
　　　　　　　代代传承道德伦理，
　　　　正义得到民众的广泛支持，
　　　　　　我们拥有无穷的力量。

"帕丙比桑和他的王子昆代,
一定能战胜敌人,
一定能消除天灾人祸,
一定能预防和消除疾病传播。

"当太阳从东方升起,
烈日当空天下明亮,
这是最吉利时辰,
此时出发必定打胜仗。

"我们外出作战的时候,
首先要准备金蜡条,
向各路神仙祈祷祝福,
祈求神仙保佑所向披靡。

"祈求的神灵主要有五个,
天神地神山神水神和路神,
各路神仙都要敬献金蜡条,
精诚所至金石为开不能忘。

"再用八对蜂蜜蜡条祭祀勐神,
呼唤帕那罗延那和水龙王,
呼唤天神老爷保佑,
呼唤地神公公和娘娘。

"还要祈求帕捧马拉,
祈求帕巴伦那鱼王,
同时再祈求空气神,
祈求海洋之神帮忙。

"祈求所有神仙,
向他们通报我们的行动,
求他们为我们助战,
求他们赐我们无穷力量。

"到达战场之后千万要记住,
一定要把金鼓敲得咚咚响,
向各路神灵表示热烈欢迎,
这样一来士气就会高昂。

"昆代王子要走在最前面,
其后是率领大部队的丙比桑,
成千上万的兵马,
浩浩荡荡威武壮观。"

吉日到来大部队出发,
一个跟着一个成一字形状,
帕亨达王爷殿后,
在众勇士护卫下非常风光。

队伍徐徐离开勐达腊迦王城,
行进在往勐迦湿方向的路上,
另有一部分从勐邦果王城出发,
开赴营救帕巴罗的主战场。

广阔的平坝上,
挤满人群旌旗招展,
大部队见头不见尾,
景象非常壮观。

帕雅因为他们缩短路程时间,
从两个月缩短为十五天,
他们穿过深山老林和平坝,
部队行进像蚂蚁群一般。

无数的战象和亿万傣兵,
沿着指定的道路迅速行进,
天黑了就地驻扎休息,
像黄蜂守巢般搭棚过夜。

一百二十八阿呵的部队,
所走过的路尘土飞扬,
遮天蔽日看不清景物,
士兵的喉咙经常被尘土塞满。

军队经过茫茫的林海,
沉静的林海沸腾起来,
野兽见到那么多人群,
都张大嘴巴四处逃窜。

大臣们走在军队前面,
他们负责为军队打前站,
士兵们挥汗如雨,
长途跋涉累得气喘吁吁。

走了整整十五天路程,
他们才看到一个宽阔平坝,
从密密丛林走到平坝,
如同从黑夜盼到天亮。

他们终于走到勐迦湿领地,
一个望不到边际的平坝,
勐迦湿的宽度有十五由旬,
士兵们大开眼界十分惊讶。

大队人马到达勐迦湿,
就在坝子的边上驻下,
休息了三天三夜的时间,
士兵无法平静热闹非凡。

先头军队刚刚驻下来,
后方军队也陆续到达,
帕亨达也到了目的地,
他召集众将领商讨计划。

他们远远看到勐迦湿城,
距离有十个由旬,
他们把那里作为目标,
挖壕沟筑堡垒设哨卡。

他们都不敢大意,
预防敌人趁乱袭击,
他们在四周修筑战壕,
防止敌人从中穿插。

他们加紧放哨巡逻,
昼夜值班防止情况变化,
每个碉堡配备有小头目,
确保军队能放心休息。

帕丙比桑和儿子昆代,
将堡垒设在大树下,
他们看到众多的帐篷,
如同山野上盛开的烂漫鲜花。

天神之王帕雅因从天而降,
来到铁牢告诉巴罗和乌莎:
"巴罗和乌莎呀,
告诉你们一个特大喜讯。

"你们的帕亨达爷爷,
带着军队已来到勐迦湿,
他们已经在边境安营扎寨,
修了一百二十八个战壕。

"他们受到勐迦湿民众欢迎,
现在军民正在一块联欢,
帕板捧麻典算错了时间,
没有防范边境已失守。

"你爷爷旗开得胜,
士气高昂充满信心,
你们可以安心等待捷报,
惩治帕板已为期不远。"

帕巴罗听后非常高兴,
与乌莎一起向天王跪拜谢恩,
他俩心里感到无比温暖,
仿佛冬天里加盖二十床棉被。

帕雅因告诉巴罗后离去,
刹那间消失在云海之间,
巴罗送走了天神帕雅因,
夫妻俩一块庆贺乐翻天。

再说勐迦湿的边境哨兵,
他们是守边境的小鱼小虾,
他们的人数仅有三千多个,
见到那么多人吓得丢盔弃甲。

他们向王宫飞奔而去,
进了王宫还吓得说不出话,
过了好久总算冷静下来,
向国王禀报时结结巴巴:

"尊敬的国王啊不好啦,
边境上来了大批军队和战象,
究竟有多少我们算不清,
也不知道他们来自何方。

"只见黑压压的一大片,
坝子边被占去一大半,
他们还吹笛子和唢呐,
有的还跳舞唱歌。

"看起来他们很快乐,
又唱又跳士气高昂,
大象和战马成群结队,
仿佛要把坝子踏平一样。

"士兵们肆无忌惮,
无拘无束高声叫嚷,
看到他们那疯劲头,
不像到了异国他乡。

"这些人好像很讲礼貌,
对人热情倒像来做客一般,
他们附近住着很多百姓,
彼此打得火热还一道联欢。

"百姓没有一个逃跑,
不知他们在搞什么鬼花招,
我们禀报的全是真实情况,
请尊敬的大王快点拿主张。"

帕板听到军士的禀报,
心里纳闷理不清头绪,
帕板根据提供的情况,
料不到对方会如此神速。

他不知道是帕雅因施法帮助,
导致他一开始就失算,
边境一带没有重兵把守,
让对方长驱直入勐迦湿。

对方的速度赛过神兵天将,
他想不通心中怒火燃烧,
他气得一句话也没讲,
脸色铁青不知怎么办才好。

太阳落山后帕板走到晒台,
远远看到坝子边灯火闪闪,
他心中越发酸楚如鲠在喉,
帕板王哭丧着脸愁眉不展。

"坝子边驻满了外国军队,
众多官员居然不知情况,
老百姓也没有人来报信,
我这国王当得也太窝囊。

"按理说大部队行动目标大,
这秘密要守住很难,
但是我竟被蒙在鼓里,
难道我气数已尽等着完蛋?"

这天夜里他没睡好觉,
翻来覆去想办法,
终于想出了一条妙计,
第二天天刚亮就忙起床。

他再次走到晒台上,
抬起头向远处遥望,
只见很多大象和马匹,
来回穿梭一派繁忙。

有成千上亿的军队,
清晨操练尘土飞扬,
有很多大象驮着物品,
还有驮着东西的马帮。

军队帐篷布满大坝,
鲜红旗帜迎风招展,
如同天上布满星星,
又像湖中鱼儿在翻滚。

帕板捧麻典看到兵临城下,
此时他心里发慌非常空虚,
他觉得自己是孤家寡人,
这么大的事情也没人通气。

其实勐迦湿王想的并非妙计,
只因这场战争已经不可回避,
与其等着挨打不如主动出击,
他堂堂帕板王怎能坐以待毙。

他于是通知武官大臣,
把军队调进王城迎敌,
一时间王城气氛紧张,
战争的乌云铺天盖地。

军队调动忙成一团,
从四面八方会集城里,
他的军队数量不少,
统计起来也有一百一十三阿呵。

所有的将领已经全部到齐,
把他们召入王宫下达旨意,
命令他们停止做其他事情,
集中精力迎击入侵之敌。

国王先对武官进行安排,
警告他们不可麻痹大意,
他对个别人作临时调整,
要他们不许失败只能胜利。

昆扎罕将军负责第一路军队,
这支军队是勐迦湿军队主力,
昆扎罕替代昆空任总头目,
负责安排调动全军的力量。

奔当扎西罕留在国王身边,
　保护国王安全寸步不离,
让扎片罕负责另一路军队,
　竭尽全力配合大部队作战。

这几员将领都是国王心腹,
　他们本领高强多谋善断,
把他们放在重要位置上,
　国王对这番安排颇为得意。

帕板王还给他们配备力量,
每个人都配有一阿呵兵力,
帕板王的侍卫队有一千人,
个个都身体健壮身怀绝技。

他还安排一帮人对付巴罗,
都是弓箭手还能飞檐走壁,
这时巴罗还被关押在牢房,
帕板认为要处死他没问题。

他随即给四名将领发出令牌,
这四名将领是昆依莱和昆空,
　　还有昆莫和昆皮曼,
他们都是有神通法力的猛将。

帕板王让他们带领将士,
骑上矫健的骏马迅速出战,
一定要先打掉敌人的锐气,
变被动为主动才能打胜仗。

　　待将士出发之后,
　　帕板派十万士兵,
　　手持萨哈萨它麻弓,
　　前去射杀帕巴罗。

他们把铁牢层层包围,
射向巴罗的箭像大雨一般,
巴罗不慌不忙把宝剑一挥,
射向他的箭全被削成粉末。

接着巴罗拿起神弓,
对着那些弓箭手发射,
那神箭发出雷劈一样响声,
十万个士兵随即全部倒毙。

巴罗已忍无可忍,
他要里应外合施展神威,
他原来想上战场参战,
但又担心乌莎的安全。

因为乌莎走不出铁牢,
巴罗担心自己走后乌莎会遭暗杀,
他只好留下来,
他像一只困在笼里的雄狮。

他虽然出不去也没闲着,
要想办法给帕板制造麻烦,
他手拿火棍猛力挥动,
熊熊火焰随之被点燃。

大火在铁牢外蔓延,
若不扑灭会烧到王宫,
帕板忙派士兵去灭火,
但大火却越烧越旺。

不得已帕板只好亲自上阵,
他施用法术才把火熄灭,
接着巴罗又用神弓射箭,
只发射一箭就产生轰鸣巨响。

霎时间像是天塌地陷,
仿佛天上雷鸣电闪,
电光闪过帕板的千名卫兵,
永远闭上了眼睛。

话说在城外的帕亨达王爷,
听到城中惊天动地雷鸣电闪,
知道是孙子在发射弓箭响应,
他意识到这是冲锋杀敌的时机。

他深知只有他们爷孙俩，
才拥有这种威力的神箭，
也就在同一时间，
帕丙比桑也听到这特殊声响。

这是里应外合的信号，
这是敌人末日的先兆，
他命令正面军队冲杀过去，
顿时杀得敌军狼狈不堪。

帕亨达王爷足智多谋，
他想诱敌出城逐个歼灭，
此时的帕丙比桑和昆代，
已同大将昆空厮杀决战。

昆依莱将军的军队，
此时也显得非常勇敢，
他们还不知道厉害，
对勐邦果军有轻敌思想。

昆莫大将军，
此时还摸不清情况，
他按照常规打法，
正在忙于调兵遣将。

多谋善断的昆皮曼，
已看出势头不对，
可是由于帕板的压力，
他不敢逃跑退让。

昆依莱将军为了壮胆，
挥舞指挥刀高声呐喊，
他身先士卒冲在前面，
左右开弓表现英勇顽强。

"你们到底是哪国军队，
竟敢目空一切如此狂妄，
要是不怕死你们就冲上来，
到那时恐怕你们后悔已晚。"

帕亨达王爷听了对方大话，
他一点没有生气，
他回答昆依莱将军，
他的话不冷不热很有分量：

"老子来自鼎鼎大名的勐邦果，
帕板捧麻典请我们来为他送葬，
如果你们这些蠢货不想活命，
我们统统让你们一道死光。"

昆依莱将军听了王爷的话，
气得暴跳如雷怒火中烧，
他拉上弓弦射出一箭，
以显示自己的威力。

昆扎将军手持着火棍，
使劲投掷过去把草木点燃，
昆依莱将军也用天枪射击，
向帕亨达显示威力。

昆皮曼将军也开始动武，
可惜他的弓箭只能弄着玩，
力量不足缺乏杀伤力，
就像是玩耍的工具。

帕亨达王爷挥动宝刀，
动作利索身手不凡，
暴雨般射过来的弓箭，
全被他砍得粉碎。

昆空将军又跃马冲杀过去，
两军开始厮杀乱作一团，
帕昆代急忙保护爷爷，
猝不及防手中的神弓被打烂。

此时昆空和昆依莱包围过来，
他俩口出狂言要活捉帕昆代，
机灵的帕昆代看势头不对，
骑上大象冲出重围。

冲杀中帕昆代身中一箭,
从象背上掉落下来,
勐邦果军队见昆代受伤,
立即将昆代救起送往后方。

勐邦果傣医立即抢救,
帕昆代很快转危为安,
傣医的药物特别灵验,
帕昆代伤愈又返回战场。

勐迦湿方面死伤不少,
昆空已经中箭身亡,
士兵们看到将领已死,
纷纷四处逃散。

勐迦湿军队已经大乱,
勐邦果军队追击不放,
没想到就在这个时候,
昆依莱杀了个回马枪。

幸亏被昆代的军队发现,
用弓箭把他射下马鞍,
可怜这位身经百战的将官,
就这样掉下马背随即身亡。

昆依莱死的时候没闭上双眼,
他死得不明不白,
连妻子也来不及去告别,
年轻的寡妇只能独守空房。

勐迦湿的傣兵见状开始逃命,
有的干脆就地缴械投降,
战场上大象战马狂奔乱跑,
尸横遍野景象悲惨。

想不到昆莫还在垂死挣扎,
他用箭射向帕亨达的士兵,
这一箭射死王爷士兵十万,
令在场的人心惊胆战。

天上的帕那罗延那看见，
忙用施过神咒的仙水洒去，
把被射死的士兵全部救活，
避免了勐邦果的士兵伤亡。

昆代拉开神弩，
迅速射向昆莫军队，
把昆莫和三万士兵一齐射死，
剩下的敌军纷纷逃跑。

勐迦湿的四名大将领，
全都在第一场战斗中阵亡，
四大将领是昆依莱和昆莫，
还有昆皮曼和昆空。

大将领战死之后，
士兵都纷纷逃窜，
有的退回勐迦湿王城，
有的找隐蔽地方躲藏。

只有那个昆扎将军幸运，
他带着残兵逃回军营，
他是勐迦湿唯一活着的将领，
他躲在军营里老半天不露面。

这场战争勐迦湿伤亡惨重，
光是士兵就死亡六十四万，
勐邦果方面伤亡也不少，
士兵死亡也有四十多万。

昆扎将军逃进城里后，
拜见帕板捧麻典国王，
他详细讲述战争经过，
并告知敌军已兵临城下：

"奴的大王啊，
昆依莱和昆皮曼将军，
还有昆莫和昆空大将，
四位大将领都已经阵亡。

"连同六十四万士兵,
也都没有一个生还,
我只能向大王禀报,
不知今后该怎么办?

"他们的威力强得让人胆怯,
虽然他们死伤也不少,
但是大将军一个也没死,
请求大王饶恕我们的罪过吧!"

帕板捧麻典听完报告,
战斗的决心不受影响,
他又调集了大批人马,
还特地叫来昆香:

"你准备蜡条和米花,
立即去七金山找各位伯父,
要他们火速派兵前来援助,
六个国家一个也不能少。

"一是帕本王,
请他带领天兵神将,
发挥他的最高威力,
把敌军斩尽杀光。

"二是帕贡盘腊,
他的武功特别高强,
他可以抵御强大部队,
请他必须前来参战。

"还有帕乾闼婆和帕松王,
他俩是常胜将军,
有勇又有谋,
有他们参加就能打胜仗。

"第五个是帕输达丢瓦,
第六个是帕轰嘎达莱,
请六位伯父紧急支援,
人多势众共同抵抗外敌。"

昆香听后立即行动，
准备蜡条和米花，
穿上仙鞋向七金山飞去，
直奔六位大王的住地。

帕本仔细询问昆香，
敌军究竟有多少数量？
昆香忙施礼回答，
勐邦果有一百二十八阿呵。

帕本听到后大吃一惊，
如此危急一定要帮忙，
他立即征兵十二阿呵神兵，
还有大批神将。

帕本的军队很能打仗，
全部都是精兵强将，
而且打仗非常精明，
勇敢顽强都不怕死。

这些兵还会很多法术，
吹出火龙变成火海，
有的还会变成金翅鸟王，
翅膀乌黑像真的一样。

那金翅鸟王又大又凶猛，
抓起士兵就像抓蛇蟒，
它们变成金翅鸟王会吃人，
一口一个连骨头也嚼烂。

有的还会变成老魔鬼，
怪模怪样令人毛骨悚然，
那魔鬼专门追赶人群，
人们听到鬼叫全身都会瘫痪。

有的兵什么也不变，
飞上天空居高临下，
瞄准地上的人就砍，
让下面的人无法招架。

神兵神将集结好之后，
浩浩荡荡从天上出发，
他们直奔勐迦湿王城，
企图击退敌军保卫勐迦湿。

出发前他们还鸣响礼炮，
为上前线的战士壮声威，
这批天兵天将由帕本带领，
他要亲自露一手给侄儿看。

他们来到勐迦湿王城，
目空一切非常傲慢，
对勐邦果军队不屑一顾，
自认为天下无敌战无不胜。

帕本走进勐迦湿王宫，
坐在国王的金色床上，
他若无其事开怀大笑，
仿佛城外敌军是在赶摆。

勐迦湿王催他快行动，
他心里其实焦虑不安，
眼下城外军情很严峻，
敌军水陆空全都布满。

"伯父啊请你仔细听，
城外辱骂声从早叫到晚，
他们骂我们是无能之辈，
认为我们没能力抵抗。

"如果我们再不反击，
他们就要叫我们投降，
他们这种嚣张的气焰，
我堂堂勐迦湿怎能容忍？

"我们要赶紧出兵迎击，
绝不能让他们把王城攻占，
如果他们真的攻进王城来，
我们勐迦湿国将彻底完蛋。"

虽说帕本谈笑风生，
其实他心里已七上八下，
他之所以没有立即出兵，
是因为要先搞清楚情况。

当他摸清对方底细，
他才决定出城应战，
他带领属下的军队，
打开城门直冲战场。

他直接与对方刀对刀砍杀，
边打边指挥天上神兵神将，
成群的神兵飞奔而下，
要把勐邦果军队消灭光。

但是出乎帕本意料之外，
当他的神兵神将出现时，
对方也出动飞天兵将，
天空成为主战场。

帕本见状不禁纳闷：
这些天兵来自何方？
他们不仅能在地面打，
还能在天上飞翔作战。

就在帕本纳闷的时候，
对方已开声叫喊，
他们向帕本自报家门，
让他清醒别自找麻烦：

"帕本老朽给我睁开双眼，
老子来自大名鼎鼎勐邦果，
这次来找帕板捧麻典算账，
不关你的事不要来帮倒忙。

"勐迦湿出了这个败类，
他利令智昏丧尽天良，
像他这种人只能灭绝，
不能让他继续活在世上。

"你们不必为他卖命,
糊里糊涂死得冤枉,
如果你们不听劝告,
那就过来进行较量。"

这些话帕本听不进去,
他只讲义气没有是非观念,
他自以为自己有本事,
根本不知道有人比他强。

这时帕本什么话也不说,
他变换法术想制服对方,
他吹出一口仙气,
变成火龙熊熊燃烧。

火龙扑向勐邦果军队,
要把对方士兵烧成木炭,
这时帕那罗延那飞上高空,
变化出滂沱大雨把火熄灭。

强大火龙竟然烧不起来,
连小点火星也不复存在,
帕本看到此情此景,
目瞪口呆不知所措。

勐邦果的军队士气高昂,
乘胜追击把敌军打败,
勐迦湿军队失去锐气,
一个个抱头鼠窜自怨自艾。

帕本和帕松以及帕贡盘腊,
带领各自的兵谁也不帮谁,
他们各自逃遁保存实力,
狼狈不堪如同鱼儿离开大海。

帕板捧麻典万万没有想到,
他的伯父帕本输得这样惨,
其余几位伯父也不例外,
只顾自己老命不知逃到何方。

刚刚参战就一败涂地，
活着的士兵全都跑光，
这场战斗出乎他想象，
帕板捧麻典气得破口大骂：

"你们这些大将军，
你们大名鼎鼎威望远扬，
为什么你们要临阵逃跑，
我原以为你们全是硬汉。

"以往你们天不怕地不怕，
从来没见过你们打败仗，
你们有能力战胜妖魔鬼怪，
想不到刚开仗就成败将。

"你们真是徒有虚名，
你们完全不顾脸面，
你们如此贪生怕死，
你们是不要脸的败将。"

帕本听后也不吭气，
他心中有数不想争辩，
他骑上神马逃回马耳山，
长期隐居不再自找麻烦。

话说那心地善良的帕农板王子，
见妹妹和巴罗被囚禁心急如焚，
他原以为他俩是仙人囚禁不住，
后来得知铁牢被帕板加了秘咒。

他为这件事情深感内疚，
以为是自己出的歪点子，
妹妹和巴罗才会被囚禁，
他要想法弄到铁牢秘咒。

为掌握秘咒他千方百计，
可是仍然一筹莫展，
后来找到阿奴贡盘腊才知悉秘咒，
农板于是赶回来进行营救。

农板来到囚禁巴罗的地方,
口念秘咒终于把铁牢打开,
　　农板担心暴露自己,
只向巴罗使个眼色就跑掉。

　　巴罗来不及向农板致谢,
　　农板已消失得无踪无影,
此时帕那罗延那骑着金翅鸟正好赶到,
金翅鸟在铁牢上空来回盘旋。

　　帕那罗延那是巴罗的外公,
他正要搭救外孙离开这地方,
当他看到巴罗和乌莎逃出铁牢,
便叫他俩爬到金翅鸟的背上。

　　金翅鸟驮着他们三人,
　　迅速离开那间铁牢房,
把巴罗夫妇送进乌莎的塔楼,
金翅鸟又拔起塔楼飞奔而去。

塔楼安放在王爷临时宫殿旁,
给王爷的宫殿增添一道风光,
　　王爷见到巴罗和乌莎,
他热泪盈眶高兴得合不拢嘴。

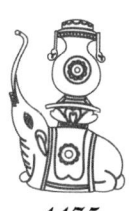

　　他见到孙媳如此俏丽迷人,
　　认为孙子福气实在不浅,
　　他派出大批兵力来护卫,
让他俩好生休息静心保养。

　　王爷把一切安排妥当,
　　他又来到了金塔楼房,
他要好好享受天伦之乐,
再次把孙子和孙媳看望。

他非常高兴地捋着胡须,
把心爱的孙媳妇细端详,
如此美丽的孙媳世上也难找,
　　王爷越看越喜欢。

"现在福气保佑你们回来,
你们再也不用受苦受难,
你俩从今以后获得自由,
你们的生活充满阳光。"

此后群臣和各勐的帕雅,
包括众多英勇善战的大将,
所有的亲戚朋友和王族,
都忙着为帕巴罗操办婚事。

他们要为他俩举行拴线仪式,
仪式要隆重热烈扩大影响,
他们认为明人不做暗事,
婚姻大事要办得光明正大。

佣人宫女拿来蜡条和金线,
摆放在桌子上的金盘中,
新郎和新娘坐在桌子后面,
让长者把金线拴在手腕上。

宫女端来装着清水的小盆,
还拿来树枝和绢帕,
长者轻轻向他俩身上洒水,
祝福他俩从此脱离苦难。

接着长辈们也来拴线和滴水,
首先是爷爷帕亨达王爷,
接下来是外公帕那罗延那,
再接着是父亲帕丙比桑王。

弟弟帕昆代王子,
也像大人一样来凑热闹,
他祝愿哥哥嫂嫂新婚快乐,
他祝愿哥哥嫂嫂白头偕老。

所有大臣都轮换前来,
分别祝福新郎新娘,
仪式持续三天,
天天热闹非凡。

所有文武百官都来看望,
他们都带着贵重礼品相赠,
来祝福的人数不胜数,
弄得小两口疲惫不堪。

婚礼结束后王爷开始讲话,
他首先感谢各位臣官,
又感谢参加婚礼的士兵,
然后宣布战争结束:

"现在我们已经打了胜仗,
要做的事情也全办完,
我的孙子和孙媳已营救出来,
我们的大兵要开拔返乡。

"我们远征离乡已经很久,
家乡的亲人一定等得心慌,
我们回去的路程还很远,
要走两个月才能把路走完。

"我们的勐是幸福乐土,
富饶美丽像人间天堂,
我们要尽快返回勐邦果,
离开这个不愉快的地方。"

佛祖世尊讲完这段故事后,
又进行小结归纳:
"众比丘啊,
第二场仗的故事到此讲完。

"帕那罗延那很关心外孙,
他骑着金翅鸟飞到铁牢房上空,
此时铁牢正好被农板用秘咒打开,
他马上救出乌莎和巴罗。

"还连同乌莎的塔楼一块带走,
送到帕亨达的大本营,
又派出四个兵种的部队,
守护着他们的安全。"

第五十五章

帕农板弃暗投明
帕板王众叛亲离

听吧,妹妹啊,
古老的故事就是这样,
哥没篡改也没添油加醋,
但这个故事还没有结束。

故事层层推进环环相扣,
就好像酸角籽儿一样,
又像在剥笋壳层层深入,
一个接着一个没完没了。

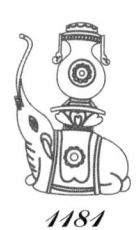

不过战争故事到一段落,
接下来的故事要转个弯,
但转来转去万变不离其宗,
因为帕板秉性不改。

接下来哥将要讲的故事,
还是围绕帕亨达王爷,
自从巴罗和乌莎被救回,
他把臣官和将士们集合起来。

然后亲切地对巴罗说:
"巴罗呀,
爷爷的好孙子,
仗已打完我们回家乡吧。

"如果我们迟迟不回去,
只担心夜长梦多事态有变,
说不定又会有哪个天神下凡,
抢走你的仙女和金纳丽姑娘。

"还是住在我们勐里安全,
如同住在天上一样幸福,
有爷爷在你们身边保护,
不会有人敢欺负你们。"

王爷说后又对臣官们说:
"各位帕雅和大臣官,
还有立了大功的将士们,
你们此次远征吃了不少苦。

"现在已救回巴罗和乌莎,
也该回自己的勐去享福,
不知大家意下如何,
想听听大家的意见。"

王爷见大家都不好意思说,
又和颜悦色地对大家讲:
"本王历来不专横武断,
兼听则明是祖宗的教诲。

"现在我要征求大家意见,
有什么看法你们尽管讲。"
巴罗有自己的主见,
他觉得不说出来心里发慌:

"勐迦湿王违反天规佛典,
他是只披着人皮的恶狼,
这恶狼不是一般的欺侮人,
他目空一切非常傲慢。

"现在我们不能轻易放过他,
他是一个恶贯满盈的罪犯,
爷爷的想法本来没有错,
符合佛经教导积德行善。

"然而我们应该想到另一面,
放过坏人实际是留下灾难,
百姓的生活不安宁,
会误解我们只顾自己平安。

"反过来百姓会痛骂我们,
说我们是帕板一路坏蛋,
我们不能这样轻易走掉,
应该把坏人全部消灭光。

"至少要给他们沉痛教训,
让他们改邪归正不再作孽,
给善良的人们除掉后患,
这样百姓才能安居乐业。

"现在我请求爷爷和父王,
不要急于撤兵返回家乡,
要乘胜追击教训帕板王,
到那时再回去也不晚。"

王爷听了孙子的建议,
觉得义正词严好主张,
他于是放弃返勐邦果计划,
但还想听听大臣们的反应。

巴罗看到爷爷已动心,
再把自己的想法继续讲,
他很了解爷爷的秉性,
他处理问题从来不武断:

"我们此次出征讨伐,
已经付出很大代价,
牺牲不少士兵性命,
每个人心里有想法。

"还有众多大小官员,
他们受苦受累为了啥?
伸张正义除恶扬善,
这是官员们的心里话。

"为此晚辈请求爷爷和父亲,
对恶棍继续发兵攻打,
要帕板彻底认输投降,
官员们这口气才咽得下。"

丙比桑同意儿子意见,
昆代对哥哥想法也赞赏,
他俩于是向王爷行合十礼,
直截了当表明自己的主张:

"我们应该再给他们打击,
给他们一点厉害尝尝,
因为现在输赢结局未定,
帕板还在那里得意洋洋。

"现在撤兵确实太早,
有的人还可能误解,
说我们被人打败,
说我们是一群笨蛋。

"这样一来我们没有面子,
帕板会更加猖狂,
弄不好情况会更糟糕,
他们还会追击给我们难堪。

"其实他们并没有认输服气,
他们还耿耿于怀想反攻倒算,
再说我们辛辛苦苦来到这里,
有不少士兵还未上过战场。

"他们来的目的是什么,
每个人心里都很清楚,
跟着来又跟着回家,
回去后面子往哪里放?

"为此士兵心里也会不服气,
为了打仗他们心里发痒,
每个人都想一展身手,
建立战功脸上才有光。"

有了父亲和弟弟支持,
巴罗更加理直气壮,
他继续给爷爷进言,
把心里的话全说完:

"这个勐迦湿国王啊,
其实不是吃铁长大的硬汉,
我们为什么要忍让他,
都是吃糯米饭的谁比谁软?

"他是一勐之主我们也是国王,
我们为什么不敢同他较量,
他现在嘴巴还很硬不认输,
他现在的气焰还非常嚣张。

"我们一定要让他低头,
要他彻底服输投降,
要让天下人都看不起他,
要让他没有本钱再傲慢。"

王爷认为儿孙们讲得很有道理,
他也知道不少士兵未上战场,
没有参加打仗的人不会服气,
不上战场等于白走一趟。

帕亨达彻底下了决心,
他要向勐迦湿发动大战,
他要把帕板打得落花流水,
他要树立勐邦果的威望。

帕亨达拿出九百四十万两黄金,
奖励勇敢冲锋在前的将士,
给一阿呵将士作酬金,
鼓励这些将士跟着巴罗打前锋。

将领们全都是王族后代,
他们勇敢又善战,
都是头戴金冠的帕雅,
是勇于替国王拼死的人。

老王爷决心攻打勐迦湿,
他要打败帕板捧麻典,
他要帕板捧麻典彻底认罪,
他要为老百姓根除后患。

接下来老王爷当众宣布,
勐邦果的国王已经归来,
下面这一仗由巴罗总指挥,
后生可畏孙子比自己强。

帕巴罗听了爷爷这样说,
本想谦让又觉得不妥当,
前面两仗打得辛苦,
不忍心再让爷爷上战场。

他为此接下总指挥重任,
但心里头依然忐忑不安,
他心想姜还是老的辣,
便非常认真地对大家讲:

"爷爷德高望重有经验,
巴罗才疏学浅难担重任,
但考虑到爷爷年事已高,
孙儿应为爷爷分挑重担。

"这种战争机会不多,
年轻人应在战争中接受锻炼,
为此巴罗愿意接任总指挥,
同大家一起打垮帕板王。

"不过虽说晚辈接替总指挥,
大的决定会同爷爷和父王商量,
也请各位将官多提建议,
同心同德打胜仗。"

帕亨达听完孙子的话,
心里头无比欣慰舒畅,
他认为巴罗成熟稳重,
勐邦果的江山有希望。

"巴罗刚才的话讲得很好,
咱们勐邦果一代比一代强,
请大家全力支持总指挥,
不夺取战争全胜绝不收兵。"

王爷说后大家跟着发言,
都认为巴罗能担当重任,
还表态服从巴罗的命令,
打败帕板让他威风扫地。

接下来巴罗调兵遣将,
他重新制订战斗方案,
右路军保持原有兵力,
左路的大部队要加强。

因为左路军是主力军队,
兵力保持最优势力量,
其他各路军队有十三阿呵兵力,
对勐迦湿形成包围圈。

中路军由巴罗亲自率领,
每一阿呵军队设一名大将领,
每个军队要挖好战壕,
能攻能守才能打胜仗。

巴罗的部署周到,
王爷听后表示称赞,
大家都认同方案可行,
将领和士兵斗志更旺。

帕巴罗对打胜仗信心十足,
要在这场战争中施展才干,
他准备抓紧时机主动出击,
全力歼灭敌人保两翼平安。

王爷觉得帕巴罗想法很好,
但宝贝孙媳的安全还牵心肠,
于是他又作了安排,
要确保乌莎姑娘平平安安:

"乌莎留在营地,
半步也不能离开塔楼,
为了保护她的安全,
派出护卫部队三十万。"

巴罗着手组建先锋部队,
他亲自落实将士人选,
选出精兵八阿呵,
还挑选出八名大将领。

这些人接受任务之后,
立即出动打前站,
任务是包围勐迦湿城,
堵住退路防止敌人逃窜。

时间一到大部队行动,
各路军吆喝声响彻四方,
兵马出发各就各位,
每个交通要塞都有人站岗。

勐邦果军队封锁敌方全境,
全部行动按计划顺利实施,
帕巴罗一马当先,
率领大部队走在最前方。

他首先逼近勐迦湿王城,
观察城里动静和兵力情况,
他的视力可以穿透墙体,
所有物体他能一目了然。

他发现城里布满军队,
勐迦湿的城堡固若金汤,
武士手里都有弓箭利剑,
有的还握着长矛或刀枪。

帕巴罗立即部署兵力,
堵住可以逃跑的通道,
接着又把主力分成几路,
然后吹响冲锋号角。

霎时间喊杀声震天动地,
大队伍如洪水一样涌向王城,
勐邦果将士骑着战马或战象,
把勐迦湿城包围得水泄不通。

勐迦湿傣兵见此情景，
不得已纷纷出城迎战，
双方短兵相接互相搏斗，
王城外立即乱作一团。

哨兵立即去报告帕板王，
帕板王听后不以为然，
此刻他表现得非常镇静，
只是命令军队出去迎战。

此时各处战斗同时打响，
从城外到乡村硝烟弥漫，
马蹄声喊杀声此起彼伏，
整个国家变成个大战场。

帕板捧麻典走出王宫，
从哨楼向远处观望，
他见到外军已经占领各地，
哈哈大笑一点不慌张。

他从容回到宫内，
钻进坚固的铜板房，
他坐在里面低头沉思，
他不许任何人来扰乱。

就在此时有一个人走进来，
他是帕板的儿子农板，
帕板这个王子还算开明，
能分清是非还有正义感。

刚才农板王子站在城楼上，
看到城外勐邦果部队军旗飘扬，
勐邦果的军队已兵临城下，
他想起婆罗门国师的预言。

婆罗门说再过二十年之后，
勐迦湿将面临一场大灾难，
可能会遭遇到灭顶之灾，
而且灾难来势凶猛不可阻挡。

他见到眼前这些情景,
想到二十年期限已到,
不禁一阵阵心寒,
这就是大毁灭的前兆。

他为此去拜见帕板父王,
他面对父亲开口讲:
"奴尊敬的父王啊,
孩儿突然有种不祥预感。

"如今勐邦果已兵临城下,
恐怕我们勐将发生大混乱,
应了国师二十年前的预言,
没准会遭遇大的灾难。

"现在乌莎和巴罗已被带走,
我们应该和他们坐下和谈,
巴罗有罪就叫他拿钱来赔,
然后两勐停战重新和好。"

他认为战争是父亲造成,
错误全在父亲身上,
父亲必须向对方认错,
再打下去百姓更加遭殃。

"尊贵的父王啊,
您是一国之王至高无上,
王儿考虑到目前的处境,
我们国家正面临灾难。

"这是场严重的天灾人祸,
同过去任何一次不一样,
如果不彻底扭转这局面,
我们的国家恐怕就要灭亡。

"这场灾难是父亲引的祸,
要消除灾难全靠父王您,
得由父亲亲自道歉,
请求勐邦果方面原谅。

"现在帕巴罗和妹妹,
　　已经离开了王城,
　儿以为这事就此平息,
不必再耿耿于怀自找麻烦。

"勐邦果出重兵攻打我们,
　　全出自对父王的不满,
　如果父亲不出去道歉,
他们绝不会撤兵退让。

"眼下全国布满外勐军队,
　大部队已向王城攻打进犯,
　我们应该准备一些礼品,
向他们言和把局势扭转。

"向他们表明我们的态度,
　今后两勐结成友好联邦,
　儿愿意跟随父亲一道去,
同勐邦果的老王爷和谈。

"关于我们做错的地方,
　父亲认个错请求原谅,
　　请求他们不记前仇,
　　请求他们宽宏大量。

"我们应考虑百姓安危,
　应该为国家前途着想,
　一国之王应能伸能屈,
别因小事让国家灭亡。

"我们准备些丝线蜡条,
　请他们到王宫里坐下谈,
　听说他们都是礼仪之邦,
只要我们诚心他们也会友善。

"我们答应妹妹婚事,
　帕巴罗便成为驸马官,
　两个敌对国成为亲家,
也就不可能再继续打仗。

"然后我们准备操办婚礼,
叫他们回去准备礼品,
等把妹妹的婚事办完,
战争的乌云也随之消散。

"从此两勐友好相处,
不再给巴罗找麻烦,
等巴罗消了这口气,
他也不会给我们添乱。

"如果我们不这样做,
弄来弄去百姓遭殃,
国王要爱惜臣民性命,
我们家族才能稳坐江山。"

农板王儿的话推心置腹,
却无法打动父王铁石心肠,
帕板不但不听儿子劝告,
反而暴跳如雷骂儿子背叛。

帕板完全失去理智,
像疯狗一样乱叫乱喊,
他大声斥骂儿子,
把地板跺得咚咚响:

"你这个败家子,
你想向人家投降,
老子从小把你养大,
想不到你如此黑心肝。

"我把你视为掌上明珠,
没想到你却恩将仇报,
我一直对你悉心照顾,
你却认贼为父向敌人投降。

"老子是一个堂堂的国王,
老子是顶天立地男子汉,
没想到你却是个软骨头,
贪生怕死想向敌人投降。

"我倒想好好问你,
你究竟得到什么好处,
你究竟是不是我的儿子,
你究竟想不想继位当国王?

"依我看你该当斩首示众,
只适合当供奉勐神的物品,
老子明天就把你拉出去宰掉,
免得败坏了王家声望。"

帕农板看到父亲火气那么大,
如同发怒的雄狮一般疯狂,
又听到父亲要宰他去祭勐神,
看来让父亲回心转意已无望。

尤其是听到父亲要宰他的话,
他更加心惊胆战,
他很了解父亲的性格,
六亲不认什么事都干得出来。

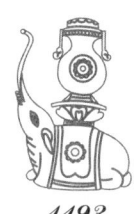

他不敢再留在父亲身边,
他不想接班当未来的国王,
留下来只会成为祭神物品,
不如早点离开还有生存希望。

他带着妻子婻西丽晚娜,
以及大象马匹和金银珠宝,
还有奴仆和贴身大将士兵,
在夜深人静时逃出王城。

他毅然决然逃离王宫,
逃到妹妹那里去避难,
他相信妹妹是个好人,
他相信妹夫是好儿郎。

当他来到勐邦果的军营,
卫兵盘问他来自何方?
农板很有礼貌地自报家门,
并说明来意告知情况。

卫兵将他带进军营，
乌莎见到哥哥热泪盈眶，
巴罗对农板也深表同情，
请他住下不必惊慌。

帕农板逃跑的事情，
很快有人禀报国王，
帕板捧麻典更加气愤，
他已处于众叛亲离状况。

他难以咽下这口窝囊气，
他一个人在铜屋里骂娘，
他说话的时候语无伦次，
他仍旧非常狂妄：

"我说明天杀他供奉勐神，
他害怕了真的跑去投降，
他这个贪生怕死的胆小鬼，
不管逃到哪里也要把他宰掉。"

帕农板自从离开王宫，
他感到心烦意乱，
他经常站在门外面，
回头向金色王宫眺望。

他看到勐迦湿的大地，
到处死气沉沉一片凄凉，
他抬头仰望着天空，
乌云密布见不到阳光。

后来他被带去见王爷，
王爷向他了解王宫情况，
王爷问他王宫还有多少人，
还有多少能干的武将？

帕农板有问必答，
对王爷毕恭毕敬不敢怠慢，
他真心实意来投靠，
忧国忧民不希望再打仗：

"尊贵的王爷啊,
晚辈来投靠别无他想,
只求在您的福荫下生活,
只求老百姓都能保平安。"

王爷详细了解了情况,
在一旁听的还有丙比桑,
他们同情农板的遭遇,
知道他与他父亲不一样。

何况农板是婻乌莎哥哥,
还从铁牢中救出巴罗和乌莎,
他们收留他并对他很热情,
巴罗为此感谢爷爷和父王。

其实巴罗对农板有好感,
农板深明大义弃暗投明,
还曾为他俩婚事向父亲求情,
此次的行动实在不简单。

帕农板看到王爷很讲理,
没把他同父亲扯在一起,
加上妹夫对他非常热情,
他很感动对父王更生气:

"我父亲实在太不像话,
他是个恶棍般的君王,
他听不进良言忠告,
他这样下去不会有好下场。"

王爷很赏识帕农板,
像他这样的人逗人喜欢,
他随即认农板做干孙子,
要他安心别再思念家乡:

"你安心住下来吧,
让爷爷来教训你父王,
他如此傲慢不讲理,
他目空一切太猖狂。

"他已成为百姓的罪人,
他罪大恶极百姓不会原谅,
等这次战争打完之后,
爷爷让你在这里当国王。

"爷爷要解除帕板职务,
要给他点厉害看,
如果你害怕你父亲的话,
就跟爷爷到勐邦果当官。

"勐邦果不像勐迦湿,
那里没有战争和灾难,
那里的百姓安居乐业,
那里的人民生活美满。"

帕农板听了王爷的话,
心里像吃了蜂蜜糖,
他向王爷合十致谢,
对他的恩情永不忘:

"如果打败了我父王,
我要尽心孝敬您老人家,
为了确保这场战争胜利,
我要贡献所有的力量。

"我带来的将士和宫女,
全部听从爷爷的使唤,
只要爷爷用得着的地方,
不分彼此看成自家人一样。

"我要全力协助打仗,
要打败父王让他投降,
我要报答爷爷您的厚爱,
用实际行动做给大家看。"

王爷还问他父亲兵力情况,
帕农板听后随即回答说:
"奴的大王,奴的主啊,
奴父亲的兵力已不强。

"经过两场大战,
　　将士伤亡惨重,
得力大将只有十几个兄弟,
　　可用的将士确实很有限。

"奴的伯父巴拉迭瓦,
　　他有七头大象的神力,
精通萨哈萨它麻神弓射术,
　　施展威力能战胜八十万人。

"至于奴的父亲,
　　罪大恶极死不足惜,
他也有七头大象的神力,
　　持有神奇的宝剑和弓弩。

"他还有众多的神物,
　　常穿着仙鞋在空中行走,
他还有喷火烧人的神通,
　　他非常傲慢不可一世。

"还有一位叔叔叫迭文答,
　　他是父亲的三弟也很厉害,
他也有七头大象的神力,
　　迭文答精通雷劈弩射术。

"父亲的四弟名叫捧麻扎嘎,
　　他也有七头大象的神力,
　　他精通贝币弩射术,
　　算是勐迦湿的得力大将。

"父亲的五弟名叫丙拔扎嘎,
　　他也有七头大象的神力,
　　他精通火弩的射术,
　　打起仗来也很勇敢。

"父亲的六弟名叫沙嘎拉晚那,
　　也有七头大象的神力,
　　他也精通火弩的射术,
　　自认为很能打仗。

"六万位帕雅也是父亲心腹,
每一位都具有七头大象的神力,
每一位都精通贝币弩射术,
帕雅是我父亲的中坚力量。

"除此有名的还有昆辛,
也有七头大象的神力,
精通萨哈萨它麻弓射术,
也是勐迦湿的主要大将。

"接着就要算昆占了,
他是一员勇猛的大将,
手下有四百八十万勇士,
可以独当一面出征打仗。

"还有大将军昆松,
是帕板的一员猛将,
还有大将军昆达来,
是一位有威力的大将。

"还有昆庄也是其中一个,
是个精通狮子弓射术的能手,
另一个叫昆宝行动敏捷,
射箭快得如同闪电一般。

"接下来是昆野了,
他也有七头大象的神力,
他精通天斧箭射术,
速度很快如同眨眼一般。

"另外还有昆香,
穿着仙鞋能在空中飞行,
上蹿下跳特别厉害,
深得我父亲的喜爱和重用。

"这些就是奴父亲的得力大将,
是他的主要依靠力量,
打了两场仗伤亡惨重,
我父亲实际上是外强中干的君王。"

帕农板把情况告诉帕亨达，
王爷听后对农板更加喜欢，
他要求总指挥帕巴罗，
根据对方力量重新部署军队。

帕巴罗接受爷爷旨意，
带着农板回房，
帕巴罗还叫来妻子，
让他们兄妹好好叙谈。

安顿好自己的哥哥后，
乌莎询问哥哥的来意，
问哥哥为何来找妹妹，
此举究竟是什么目的？

农板王子告诉妹妹说：
"哥哥有话要对妹妹讲，
哥哥担心两勐继续打仗，
勐迦湿必将完蛋。

"两个大勐之间的战争，
给我们勐造成极大的混乱，
也给我们勐带来极大的危险，
这是触目惊心的灾难。

"从前国师们曾预言，
说勐迦湿二十年后有灾难，
我们勐将会毁灭在战争里，
如今已经过去二十年了。

"哥总有一种不祥预感，
国师们的预言会兑现，
要真的发生那样的事，
这场战争将会把勐迦湿葬送。

"按理我们应该对人家求和，
同人家交好成为友好邻邦，
可是我们的父王却一意孤行，
不听哥的忠言还大骂哥哥。

"他说要杀哥祭勐神,
哥哥害怕真的被父王宰杀,
所以才连夜逃出来找妹妹,
事情的全部经过就是这样。"

婻乌莎听后也很伤心,
她清楚帕板性格残暴,
他什么事都做得出来,
认为哥哥离开没有错。

乌莎接着安慰哥哥,
兄妹俩又继续聊家常,
她要哥哥安心住下去,
说王爷的家族非常善良。

帕农板相信妹妹的话,
其实他也看到王爷为人,
决心要同王爷好好配合,
惩罚父亲结束这场战乱。

帕农板带来约六千人马,
有大象马匹和臣官,
有随从和各种物品,
还有黄金白银等财产。

农板又去叩拜帕那罗延那,
向仙外公等亲戚问候请安,
帕那罗延那褒奖他的举动,
婻乌莎也陪同哥哥一起。

巴罗与农板在一块闲聊,
帕农板经常诉说父亲的残暴,
帕农板每当说到伤心之处,
就会辛酸落泪号啕大哭。

帕巴罗对帕农板非常同情,
劝他别太过烦恼,
过去的事情别想得太多,
未来的日子一定会美好。

帕巴罗也讲自己的伤心事,
讲他被关押在铁牢时的情况,
虽说帕板无法限制他自由,
但那种滋味也实在令人难忘。

帕农板对这件事愤愤不平,
他骂帕板捧麻典丧尽天良,
连自己女儿也抓进去折磨,
不知他的心长在什么地方。

他们互相同情互相安慰,
同仇敌忾要除掉帕板王,
他们决心同心协力把他打败,
让他失去威信臭名远扬。

农板一再向王爷请命,
要同妹夫并肩作战。
他自己也有六千兵马,
他要亲自带兵打仗。

王爷批准他的请求,
同意他上前方参战,
祝愿他们旗开得胜,
祝愿他们能打胜仗。

为让帕农板能专心打仗,
王爷把他的亲属转移后方,
同王族的亲戚们住在一起,
确保他们的生命安全。

农板成为巴罗手下的将官,
率领众多兵力和战象,
他们都搬到总指挥部,
老王爷在一旁帮助出主意。

帕农板提供的情况很重要,
巴罗据此制订打仗方案,
对各方面进行周密筹划,
帕巴罗不敢有轻敌思想。

其实勐迦湿还有一批勇将，
他们的本领和力量不一般，
如果都为帕板捧麻典卖力，
要想打败他们有一定困难。

于是帕农板想出个办法，
要分化瓦解这批大将军，
他在勐迦湿也有号召力，
在将军们心目中很有威望。

他于是分别给他们写了书信，
要他们离开帕板王，
投奔到勐邦果旗下，
一道讨伐昏庸贼王。

将军们接到王子信函，
不少人作出积极响应，
他们带着自己的士兵，
投奔农板并肩打仗。

投奔过来的将士浩浩荡荡，
计算一下有九百八十万，
农板一下子增加很多人马，
他的力量变得强大。

帕农板已经有八位将领，
他对打败父亲充满信心，
投诚过来的人能跟他走，
说明帕板已经没有威信。

"勐迦湿的未来啊，
必定是我农板的天下，
我那没人性的父王，
不可能再作威作福。"

帕丙比桑和帕巴罗父子，
还有加盟的王子帕农板，
三个人住在总部，
对全军进行统一调遣。

王爷对孙子帕巴罗很信任,
　　让他担任总指挥非常正确,
　　他经常过问巴罗的战斗安排,
　　　　同他的想法完全一样。

巴罗还调来二十八位将领,
　　作为带兵打仗的武官,
　　还给他们调配强大的兵力,
　　　　统计起来共有十五阿呵。

其他各路军队兵力也都一样,
　　每部分也有士兵十五阿呵,
　　巴罗为每路部队设一名大将领,
　　　　作为这场大战役的带头大官。

　　第一路军队的大将领,
　　　　就是布塔大将军,
　　巴罗给他配备大批战象,
　　　　他肩负重任不敢掉以轻心。

　　第二路军队的大将领,
　　　　名叫坦麻大将军,
　　他也配备有大批战象战马,
　　　　巴罗给他下达了军令。

　　还有第三路军队大将领,
　　　　名叫桑卡大将军,
　　第四路军队的大将领,
　　　　名叫纳林答大将军。

四路军队是这次战役主力,
　　他们统一由总部直接指挥,
　　巴罗国王对兵力统筹安排,
　　　　四路军队能攻能守进退自如。

帕板捧麻典也积极备战,
　　勐迦湿还有强大的力量,
　　他们还有一批能干将领,
　　　　他们还有大批勇敢士兵。

他们召集了大批兵马,
调整分配到各路军队,
根据现有士兵的数量,
每个将军统领士兵一阿呵。

第一个将军名叫昆庄,
第二个将军名叫昆野,
第三个将军名叫昆辛,
他们都是国王的死党。

第四个将军名叫昆列,
这人品质非常糟糕,
他是一个好色之徒,
见到漂亮女人就颠狂。

第五个将军名叫昆乌龙,
第六个将军名叫昆扎,
第七个将军名叫丙巴扎,
他们的脾气个个都暴躁。

战斗终于打响,
双方对峙摆开战场,
他们互相通报名字,
都夸夸其谈辱骂对方。

"你们这些外勐的兵啊,
敢到我们勐迦湿打仗,
你们也不睁大狗眼睛,
看看这里是什么地方?

"你们想找死就上来,
如果怕死就快投降,
这次叫你们有来无回,
你们等着去见阎王。"

"你们这些大蠢货,
你们全是大坏蛋,
你们勐迦湿算什么,
死到临头还想顽抗。

"我们只可怜你们的老婆,
　　　可怜她们将要守寡,
　　还有你们那没爹的孤儿,
　劝你们还是为他们着想。"

　　这时昆庄将军猛冲过来,
　接着双方士兵也动起刀枪,
　　　双方接着对打射箭,
　双方的战鼓敲得震天响。

　　帕丙比桑见昆庄冲过来,
　他骑上战象冲过去迎战,
　　　他举起弓向昆庄射箭,
　昆庄头一歪箭从耳边飞过。

　　飞去的箭击中他的部下,
　这一箭有不少士兵伤亡,
　　救不活的就有一万多人,
　活着的士兵吓得鬼哭狼嚎。

　　　昆庄看到这一惨况,
　　不禁心中有些惊慌,
　　　他立即射出火箭,
　　他想射死丙比桑王。

　　　　丙比桑反应敏捷,
　　手握宝刀把火箭砍断,
　　昆庄看到丙比桑宝刀,
　　　金光闪闪令人心寒。

丙比桑还有一帮得力将官,
　他们配合默契打得很漂亮,
　　他们跟着国王勇敢冲杀,
　打得昆庄的军队人仰马翻。

勐迦湿的士兵看势头不妙,
心惊胆战纷纷逃离了战场,
昆庄看到这状况只好后退,
若再打下去只有自取灭亡。

接着昆野将军率兵冲过来，
帕巴罗亲自带军队迎战，
昆野将军举起神力火箭，
瞄准帕巴罗拉个满弦。

这箭射出去变成火海，
被巴罗一刀砍成两半，
火箭被砍断没了威力，
昆野见到后心惊胆战。

双方士兵紧接着打起来，
刀光剑影令人眼花缭乱，
一个个人头在地上滚动，
死伤的士兵多达几十万。

帕巴罗举起神弓射箭，
昆野立刻歪过头躲闪，
一箭没射中昆野将军，
吓得他魂魄丢掉一半。

昆野正庆幸没被射中，
不料那箭出现怪象，
它飞来飞去寻找目标，
发出地动山摇隆隆巨响。

整个战场顿时一片恐慌，
昆野士兵被打得七零八落，
他们哭哭啼啼乱了方阵，
一下被打死好几十万。

一箭就打死那么多人，
昆野不得已急忙逃离战场，
那溃败的样子非常狼狈，
活着的士兵跟着抱头鼠窜。

这时轮到昆辛冲上来，
他挥舞战刀骑着大象，
大象踩死了不少士兵，
那凶猛劲像倒塌的石墙。

他举起弓箭要射农板王子，
帕农板挥动宝刀相斗，
他用宝刀拦截飞来的箭，
飞箭被打得粉碎不成样。

农板王子有高超法术，
他的纳来箭有神奇力量，
他把纳来箭轻轻一吹，
昆辛被击中当场死亡。

昆辛的战象也被打死，
昆辛的部下一片混乱，
昆辛的士兵纷纷逃跑，
农板王子紧追不放。

慌乱中的士兵互相践踏，
昆辛的士兵一共死了三百万，
活着的人也都鼻青脸肿，
整个军队变成残兵败将。

昆列号称是铁王大将军，
是一个玩弄女人的混蛋，
不过他也掌握一些法术，
既能玩女人也能够打仗。

他的军队与布塔碰头，
双方一见面不宣而战，
昆列想先发制人占主动，
向布塔发射闪光弹。

布塔立即进行拦截，
一刀就把闪光弹砍得稀巴烂，
布塔顺手发射弓箭，
一箭就把昆列送上黄泉路。

这一箭杀伤力非常强，
昆列手下士兵死了十多万，
活着的士兵纷纷逃命，
都成了一群无头苍蝇。

昆乌龙将军想一显身手，
他拉起闪电箭射向对方，
昆乌龙与坦麻对阵，
双方一交手展开了激战。

坦麻拦截了闪电箭，
箭被打偏射中碉堡顶端，
碉堡顿时变成一片火海，
碉堡的碎片飞向四面八方。

坦麻也射出神箭，
顿时整个天空轰鸣巨响，
神箭射中了昆乌龙大将军，
他从此离开他美丽的婆娘。

昆乌龙的士兵死伤惨重，
活着的士兵也人心大乱，
士兵们各顾各没命奔逃，
整个部队溃不成军。

昆扎看到这种惨状，
想挽救败局继续顽抗，
他举起神弓拉开神箭，
瞄准桑卡就发射。

桑卡眼明手快，
立即伏下躲闪，
同时挥动魔棍拦截，
不让神箭打在士兵身上。

桑卡举起神弓发射，
一箭击中昆扎大将，
昆扎从象背上掉下，
也从此离开了他的婆娘。

丙巴扎想做垂死挣扎，
他挥戈上阵拼命顽抗，
他向纳林答射出一箭，
被纳林答挥宝刀拦截。

射出的箭随即被砍碎，
没能发挥作用就掉落地上，
纳林答乘机发射一箭，
把丙巴扎的胸脯射穿。

丙巴扎差点被射成两段，
他从象背上掉下把命丧，
士兵们看到后纷纷逃跑，
那情景就像傣家人打猎一样。

傣家人上山打猎的时候，
被围的麂子乱成一团，
丙巴扎的士兵如同被围的麂子，
在这次战斗中死伤一百万。

后来昆庄又冲上来对战，
他把昆塔来雅作为对象，
两位强将用战刀拼杀，
彼此武功高强旗鼓相当。

两人的动作都快速敏捷，
两边的士兵也挥刀对砍，
谁的功夫好谁就不会死，
谁的眼光不灵谁就完蛋。

在搏斗中谁也不服输，
使出全身力气互相搏杀，
谁也不会呆呆站着不动，
人头终究不像芭蕉树。

这时农板王子也赶过来，
他的武功更高更有力量，
他的动作非常机灵敏捷，
他左右开弓横冲直撞。

结果昆庄头颅被他砍下，
那头颅滚在地上就像南瓜，
昆庄的头滚得很远，
一直滚到三庹多的地方。

领头一死手下就乱了方阵,
士兵们害怕得拼命逃跑,
这个号称国魂的将官被打死,
勐迦湿又失去一员主将。

勐迦湿只剩下最后一名将领,
这个名叫昆野的还不肯投降,
他硬着头皮冲杀过来,
妄想同帕巴罗决一死战。

昆野是有名的肉搏战将军,
他看不起这个年轻人,
他骑着大象手握大刀,
一边冲杀一边狂喊。

帕巴罗沉着应战,
他手握宝刀不慌不忙,
他手起刀落砍将过去,
想一刀就让昆野完蛋。

这个昆野算是有两下子,
他躲过这一刀没把命丧,
他纵身一跃朝天上飞奔,
不敢同帕巴罗再较量。

帕巴罗飞上高空紧追不放,
用宝刀猛砍昆野的胸膛,
昆野东歪西躲想逃命,
还是被一刀砍断了肚肠。

昆野的尸体掉落下来,
砸到地上粉身碎骨,
他的士兵见状吓得魂不附体,
纷纷逃命树倒猢狲散。

败兵们也难逃劫数,
一刀一个全被杀光,
勐迦湿七个高级将领,
这一仗全部命丧沙场。

逃得快的残兵败将，
跑回城里还魂飞魄散，
那些跑不动的残兵，
只好乖乖举手投降。

勐迦湿在战争中伤亡惨重，
士兵死去四阿呵，
受伤的将士不计其数，
断手断腿的样子很悲惨。

勐邦果这边也有损失，
死伤也将近有一千万，
这些死伤的全是士兵，
没有损失一员大将。

帕那罗延那亲自到战场，
清点人数察看死伤情况，
其他年老国王也跟着来，
分别到各个战场去察看。

老国王们看到战场一片狼藉，
一个个都禁不住悲伤落泪，
尸体横七竖八，
活着的也手缺脚断。

死伤的人简直无法计算，
尸横遍野成千上万，
这么多的死尸如何处理，
国王们一筹莫展。

将官和士兵也很着急，
大家七嘴八舌提方案，
这些人原来都是战友，
同情之心无法言状。

他们先为伤兵进行医治，
不让他们受痛苦煎熬，
特别是那些缺胳膊少腿的人，
他们的状况更加悲惨。

出发时勐邦果带了许多傣药，
都是傣家神药有特殊疗效，
特别是火伤和跌打损伤，
药到病除伤员很快恢复健康。

不管骨折有多严重，
包上药就会接好恢复原状，
伤口再大也不要紧，
涂上药伤口愈合不再裂开。

有一种药很神奇，
加工成很小的药丸，
帕巴罗用手捏住撒上，
便成为起死回生的灵丹。

这种药不分敌我，
对人都有神效，
只要身上有病或受伤，
药到病除立即恢复健康。

这种药能治多种疾病，
不论内病或者是外伤，
甚至久治不愈的疑难杂症，
也都能医治不留后患。

这次勐迦湿损失很惨重，
有数百万人向勐邦果投降，
跑回城的都吓得魂不附体，
削弱了勐迦湿的有生力量。

话说勐迦湿的残兵败将，
逃回王城去见帕板国王，
他们报告了战死的将官，
还汇报了战争的详细情况：

"他们的将领很能干，
个个武艺高强，
装备也很精良，
射过来的箭会闪闪发光。

"我们射过去的箭,
好像泥巴做成的一般,
被他们用刀拦截,
就全部断成两半。

"他们的士兵也很勇敢,
冲锋陷阵势不可当,
我们兵败如山倒,
整个部队溃不成军。

"他们的箭都很神奇,
一箭能杀死成千上万人,
我们拿起他们箭头一看,
确实同我们的箭不一样。

"他们的箭即使射不着将领,
周围的士兵也都防不胜防,
我们至今弄不清楚是什么兵器,
能自动找目标的箭确实少见。

"我方因为无法躲避,
才会造成大量伤亡,
这种局势对我们极不利,
只能去送死而无法抵抗。

"加上我们又没有兵源补充,
我们越打越弱他们越打越强,
这样打仗我们肯定吃亏,
再打下去我们会全部完蛋。"

帕板听完了将士禀报,
他心情沉重惶恐不安,
想到牺牲那么多将领,
更是心痛得肝肠寸断。

战场传来这些坏消息,
他的脸色像生锈紫铜一样,
他走着方步在深思,
他想把被动局面扭转。

"我绝不能眼看这样惨败,
我要派出更厉害的武将,
把入侵的敌人彻底消灭,
我要保住勐迦湿的江山。

"不然我的脸往哪里摆,
不能让人笑话我这国王,
不打败敌人我誓不为人,
不打败敌人我就不是男子汉。"

勐迦湿败得非常惨,
他们还想继续顽抗,
帕板经过深思熟虑,
想起一位有名大将。

这位大将名字叫昆达来,
他是勐迦湿最得力大将,
他号称是常胜将军,
从来没有打过败仗。

帕板捧麻典想如果把他起用,
没准可以转败为胜,
他的手下有士兵四阿呵,
他还是法术高强的健将。

帕板捧麻典任命他为总指挥,
出征讨伐勐邦果盟军,
他相信昆达来能打败敌军,
为勐迦湿扭转惨败的局面。

昆达来除了有众多士兵,
还有许多杂牌军队加盟,
这些杂牌军也由他统领,
他有更加强大的力量。

帕板下达战斗命令,
昆达来领了军令状,
他出征前鸣放礼炮,
隆隆炮声震荡四方。

这一天的勐迦湿城郊，
战争的乌云翻滚，
乌云笼罩城镇乡村，
笼罩平坝山冈。

此时王城里人山人海，
出征的战士浩浩荡荡，
大道上扬起滚滚尘埃，
昆达来威风凛凛骑着大象。

消息传到勐邦果军营，
勐邦果方面也积极备战，
王爷叫来帕农板王子，
向他了解昆达来的情况：

"今天出征的这位大将军，
他到底是不是很会打仗？
他究竟叫什么名字？
他的武艺有多高强？"

帕农板急忙向王爷施礼，
向老王爷报告真实情况，
他对昆达来很了解，
他说切不可有轻敌思想：

"这位将军名叫昆达来，
他名声远扬号称猛将，
他是帕板的一张王牌，
他平常不轻易上战场。

"帕板对昆达来很信任，
他法术高超非常傲慢，
他对帕板王非常忠诚，
要把他打死非常困难。

"千万不可麻痹大意，
对这个人要多一个心眼，
他还有一套非凡的法术，
要对付他不那么简单。

"即便把昆达来砍成两半,
他的身体会自动复合,
还是完整的躯体,
没受任何伤害。"

王爷听到后频频点头,
他边听边在心里盘算,
他要巴罗重新部署兵力,
要认真应付这员猛虎大将。

巴罗叫来几个大将领,
一道商议对付的方案,
要求想尽一切办法,
千方百计制服这名大将。

几位大将领旨之后,
立即动身开赴前方,
他们来到前沿阵地喊话,
先为自己助威壮胆:

"前方的众位官兵,
我奉劝你们赶快投降,
不要继续为帕板卖命,
你们已经没有胜利的希望。

"你们不要抱侥幸心理,
以为可以打胜仗,
最后到国王那里领赏,
这样想就完全打错算盘。

"你们赶快打消这个念头,
为你们的妻子儿女着想,
投降了可以保全性命,
继续抵抗将自取灭亡。

"你们已经落入包围圈,
你们想突围也不可能,
我们的兵力非常强大,
是攻不破的铜墙铁壁。

"你们不要听头目的胡言,
　　不要继续受骗上当,
帕板国王不是个好东西,
　　你们要携起手来造反。

"你们要有清醒的头脑,
　　要学习他儿子帕农板,
弃暗投明是唯一选择,
　　执迷不悟没有好下场。

"我们已包围勐迦湿全境,
　　勐迦湿国王将彻底灭亡,
帕板捧麻典死期已不远,
　　为他卖命的人是傻瓜笨蛋。

"你们要为家庭幸福着想,
　　千万不要继续顽抗,
你们还要考虑自己的前程,
　　不要把自己的未来葬送。"

他们语重心长教育对方,
　　之后又着重教训指挥官,
他们觉得应提醒那位大将,
　　不要目空一切太狂妄:

"你是勐迦湿的哪位大将?
　　你难道不懂什么叫打仗?
打败了要赔上你的老命,
　　这可不是玩笑随便尝试。

"你别自以为自己厉害,
　　就可以来同我们较量,
你想打胜这场战争不可能,
　　如果你想再见妻儿就快投降。"

勐迦湿方面也作出反应,
　　回答的是昆达来大将,
对勐邦果大将的话他不在乎,
　　他不忘把自己标榜一番:

"在当今的天下我算老大,
不认识我说明见识不广,
我的大名早已传遍天下,
世上唯一的昆达来武将。"

昆达来想显示自己武艺,
他抓起弓弩射向帕农板,
在旁的帕巴罗眼疾手快,
接住射来的箭一折两半。

飞箭没有射中帕农板,
帕农板飞身跃上大象,
他挥动手中的宝刀,
冲过去同昆达来大战。

两个人使用宝刀对打,
两头大象的力气相当,
两位大将都是非凡人物,
两人相互拼杀各不相让。

他俩打了几个回合,
谁也没有砍中对方,
有时只是两象打斗,
两对象牙撞得咯咯响。

两头战象打得很凶猛,
最后昆达来战象的牙被打断,
它失去了战斗武器,
就掉头逃出战场。

昆达来眼看形势不利,
就放弃战象飞到高空,
他这一飞非同小可,
引起惊天动地的巨响。

雷鸣般的响声回荡天宇,
显示出昆达来武功高强,
见到昆达来飞上高空,
帕农板也飞上去紧追不放。

两人挥动着宝刀，
两把宝刀在空中闪亮，
两把宝刀碰撞出火花，
两人都无法砍着对方。

后来昆达来又回到地面，
帕衣板也落地把他追上，
他俩又在地面上厮杀，
打得难解难分尘土飞扬。

在一旁的帕巴罗见状，
认为再打下去也难决胜负，
他拉开他的神弓，
对准昆达来射出一箭。

巨大的轰鸣声像天塌下来，
这一箭射中了昆达来心脏，
他的身体被抛出去很远，
飞到了二十多庹远的地方。

眼看着昆达来命归黄泉，
想不到他又复活过来，
他站了起来大喊大叫，
像发疯的公牛气焰嚣张：

"老子是永远不会死的将军，
这回你们该相信不是说谎，
死亡属于你们这些笨蛋，
我的火箭会送你们去见阎王。"

于是昆达来举起火箭神弓，
瞄准帕衣板把弓弦拉满，
嗖的一声火箭飞将过来，
霎时划出一道闪烁的亮光。

帕衣板不慌不忙，
他挥宝刀拦腰一斩，
火箭被宝刀砍断，
失去效力没造成伤害。

帕农板早就了解昆达来,
他的几招农板了如指掌,
帕农板可以制服昆达来,
昆达来必定是手下败将。

帕农板见时机已经成熟,
他拿出制服昆达来的绝招,
他用绳子套住昆达来脖子,
就像拴住一头公牛一样。

这时丙比桑举弩射击,
弩箭的威力能把盾牌射穿,
帕农板也同时举弩射击,
两支弩箭来自两个方向。

两支箭同时射中昆达来,
把昆达来还魂后路截断,
此时才真正将昆达来击毙,
昆达来再也没有复活希望。

帕那罗延那割下他的头颅,
把它狠狠砸在石头上,
然后又把它丢在江里,
送去给大鱼当美餐。

昆达来死后变成断头鬼,
没有头的鬼更难看,
他的头进了鱼肚子,
头和身子天各一方。

昆达来被处死以后,
他手下官兵继续打仗,
他们用长矛和大刀,
同勐邦果军队混战。

双方有时用弓箭射击,
官兵都有不少死伤,
战场上尸横遍野,
那情景惨不忍睹。

勐迦湿的兵力不少,
射出弓箭如暴雨一样,
密集的弓箭铺天盖地,
遮住了天上的太阳光。

战斗打得非常激烈,
光线阴暗分不清敌我,
巴罗见到这混乱局面,
急忙射出照明弹。

照明弹划破黑暗天空,
把弥漫的尘埃驱散,
可惜亮度持续不久,
万箭齐发时又恢复阴暗。

巴罗只好持续发射照明弹,
乘着光亮杀向对方,
如此反反复复来回对打,
双方越打越激烈互不相让。

勐迦湿军多次发起冲锋,
士兵喊叫的声音像老虎吼叫,
勐迦湿士兵好像不怕死,
每次冲锋都死伤大半。

尸横遍野血流成河,
活着的人好像疯子一样,
他们一个个只顾冲锋,
前面的倒下后面又跟上。

昆达来大将被击毙,
已经没有复活的希望,
他们不相信这是事实,
个个脑子里都是谜团。

他们非常崇拜昆达来,
把他看成不死的虎将,
都弄不清他死的原因,
想不到他会落得这样下场。

他们更不相信他死得那么快,
因为激烈的战斗才刚刚打响,
等到他们知道昆达来真的战死,
不少官兵才清醒过来。

这时他们开始担心害怕,
军心动摇士兵退缩,
官兵们意识到面临失败,
想保存老命回去见爹娘。

一旦知道大将真的战死,
士兵们开始逃亡,
有的跑到深山野林,
躲藏在远离人群的地方。

有的就逃回王城里去,
入宫向帕板捧麻典禀告:
"请求大王饶恕我们,
不要对我们治罪。

"情况的确非常糟糕,
我们将如实向您禀报,
昆达来的确已经阵亡,
众多将士都战死沙场。

"他们都五蕴①离身,
已离开大王死去了,
士兵也死了四阿呵,
剩下的士兵全都逃散。"

帕板听到这个消息,
痛苦万分仰天长叹:
"我的昆达来大将呀,
你为什么死得这样惨!

---

①五蕴:佛教用语,指色、爱、想、行、识各蕴。认为人身就是由这五蕴集合而成,五蕴离身,人就死了。

"你最有神通法力,
　你早已天下扬名,
　无人能与你匹敌,
　你是我们的骄傲。

"你就这样白白丧命,
　还有四阿呵将士,
　也都死得那么悲惨,
为什么这样抛下我呀!"

　帕板那样说了之后,
　坐在那里沉默不语,
　这已经是第四回合,
　他没有一回合打赢。

　听吧,各位亲戚朋友,
　以及你们的子孙们,
人活一世啊不要太狂妄,
老想欺压人就这种下场。

　就好像寨子里的树木,
它们虽然长得参差不齐,
　但它们都各有所长,
这就是一山更比一山高的道理。

　这就好比凶恶的帕板王,
　他自诩是天下老大,
目空一切以为没人能胜过他,
　到头来究竟会是怎么样?

　这时候对于这场战争,
　帕板已不抱任何希望,
　他已经是无计可施,
　找不到能打仗的良将。

　就在他一筹莫展的时候,
他忽然想到两位年轻大将,
　　一位名叫昆香,
　　一位名叫昆占。

他不禁一阵激动,
马上召他俩进宫,
给他俩下达命令,
让他俩带兵出征。

这是他的救命稻草,
能否取胜就要看他俩的本领,
他对他俩寄予全部希望,
希望他俩能把败局扭转。

两位大将提着链子和玉罗网,
乘着大象率兵奔赴战场,
他们带领六阿呵将士,
心怀忧虑忐忑不安。

大王派他们出战,
他们也只有遵命,
但心里却感到害怕,
害怕像昆达来一样下场。

帕巴罗接到情报后,
吩咐大家不可有轻敌思想,
他率领六位将领出战,
乘坐战象立即上战场。

他们一起来到了战场,
昆香和昆占已在眼前,
丙比桑一见就冒火,
他指着两个青年骂道:

"你们这些帕板的将士,
来到这里也不下马跪拜,
你们应该低头称奴才是,
死后才能转世得到福果。

"你们都叫什么名字,
先向大爷我报上来,
你们要清清楚楚讲,
绝不可以欺骗说谎。

"为什么吃饱了白米饭,
　　却要来这里受死呢?
你们的老婆就要成寡妇,
　　要投入别人的怀抱了!"

昆占和昆香听后就说道:
"我俩名字叫昆占和昆香,
我俩是勐迦湿的有名勇士,
我俩受国王之命守护王城。

"我们天生就不会向谁低头,
　　从来就不知道害怕,
你没必要说废话唠叨,
　　真正让老婆守寡的是你们。"

他们说后就骑着战象冲上前来,
　　冲在前面的是昆香,
他用萨哈萨它麻弓射向丙比桑,
　　丙比桑不慌不忙挥宝剑一挡。

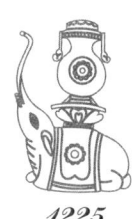

射过来的箭被削成粉末,
　　昆占一看勃然大怒,
他用火弩箭射向帕巴罗,
　　巴罗不屑一顾放声大笑。

他挥起宝剑一挡,
火弩箭也被削成了粉末,
昆占一看目瞪口呆,
顿时急出一身冷汗。

丙比桑用雷劈箭射向昆香,
　　被昆香避开没有射中,
巴罗用火箭射向昆占,
　　也被昆占避开没有射中。

昆代用贝币箭射向昆香,
　　又被昆香避开也没被射中,
纳林答用芝麻箭射向昆香,
　　昆香同样躲开没被射中。

这几箭却射中周围士兵,
昆香的士兵被射死三十万,
四位大将都看在眼里,
正在琢磨着变换手法。

布塔用细嘎文箭射向昆香,
一箭就射死了昆香的士兵三十万,
坦麻用达赖罗箭射向昆占,
又被昆占迅速避开。

桑卡用拉甫箭射向昆香,
也被昆香成功避开,
这时昆香得意忘形,
他口出狂言嘲笑对方:

"你们还是回家找老婆去吧,
否则你们一定会死去,
千万别让老婆变成寡妇,
因为你们死后将离开人间。"

他又对丙比桑骂道:
"你就赶快祈祷吧,
今天就是你的死期,
我已把盐巴辣子舂好。

"准备拿来蘸你的肉吃,
如果我们吃剩了就剁碎,
让它顺水流到很远地方,
别让我们再见到你的尸体。"

昆香骂过之后哈哈大笑,
他张弓搭箭射向丙比桑,
丙比桑挥动宝剑一挡,
把射来的箭削成粉末。

昆占拿起萨哈萨它麻弓,
向丙比桑军队射箭,
一箭射死了三十万士兵,
帕丙比桑安然无恙。

帕那罗延那在天上看到，
用仙水洒向死去的士兵，
三十万士兵全部复活，
昆占见后瞠目结舌。

帕巴罗非常生气，
用神弓射向昆香，
昆香中箭从象背跌落下来，
当场丧命不能再指挥打仗。

昆代也拉动帕利伽弩射向昆占，
正好射中昆占的脑袋，
昆占从象背上跌落下来，
一命呜呼去了黄泉。

帕板的两员大将战死，
勐迦湿的士兵惊慌失措，
他们哭爹喊娘求救无门，
仓皇逃离战场。

逃回的士兵向帕板王禀报：
"奴的大王啊，
昆香和昆占已阵亡，
士兵也死了三阿呵。"

帕板听到这个坏消息，
如同输光钱的赌徒一般，
此时的帕板已黔驴技穷，
帕板王仰天号啕大哭：

"哎哟喂，
昆香和昆占呀，
你们怎么也离开了我啊，
你们的妻子成了寡妇娘。"

让人心疼的妹妹啊，
你的歌声清脆悦耳，
你的肤色白里透红，
你就像无价珍宝一样。

哥要讲的是帕板捧麻典，
第四回合战斗已经宣告结束，
这时他已完全失去理智，
他更加悲伤更加愤怒。

他不甘心自己的多次失败，
又把剩下的几员大将叫来，
他们是因答巴、昆松和昆宝，
帕板王让他们带着八阿呵士兵出战。

因答巴等三人骑上战象，
奉命带着将士们进入战场，
他们都手持着弓弩和战刀，
毫无信心出征打仗。

勐邦果方面出动六员大将，
双方随即交战。
第一回合下来，
帕巴罗才警告对方：

"你们最好来向我跪拜，
否则叫你们有来无还，
到时丢下你们的老婆，
让她们成为凄惨寡妇。"

因答巴听到后就说道：
"我的大名叫因答巴大将，
神通广大恐怕你未领教，
我统治着整个勐般扎。

"我从来不怕打仗，
你们来到王城就得死，
如果你们怕死就低头认错，
我可能还会留下你的小命。

"我可以明白告诉你，
还没有能让我低头的人，
还没有能杀死我的人，
我只会要别人的小命。"

帕巴罗听后笑着说:
"哦,原来你叫因答巴,
也许你的老婆还算美丽,
你死后老婆守寡好可怜。"

因答巴听后气愤地说:
"你是哪个王族的人呀,
竟然敢如此说大话,
有胆量跟我因答巴斗一斗?"

帕巴罗听后回答:
"我的本领神通广大,
我的大名传遍天下,
我就是鼎鼎大名的帕巴罗。

"我是帕那罗延那的外孙,
我的神咒能征服整个天下,
在这个世上我谁都不怕,
你要是有胆量就来试试看。"

两个将领正在互相对骂,
昆代已经驱象冲到阵前,
他没心情再等下去,
再等下去心里闷得发慌。

因答巴看到昆代后说:
"你巴罗和昆代两兄弟,
再加上后面的几个,
全部上来老子也不怕。

"如果你们不退让,
那就注定你们完蛋,
不信你们就试试看,
我会让你们知道厉害。"

因答巴说罢张弓搭箭,
他拉开满弓射向巴罗,
巴罗挥起宝剑一挡,
射来的箭变成粉末。

巴罗接着向因答巴反击,
念咒语变出漫天烟雾箭,
因答巴将身一闪把箭避开,
他没被射中得意洋洋。

昆松拉满弓射出红火箭,
布塔射出泥浆水箭去淹,
昆宝又拉满弓射出便棍箭,
桑卡射出斧头箭去砍。

昆代用火扑箭射向因答巴,
因答巴迅速闪开,
他反手射出螺蛳箭,
使昆代的火扑箭失去效力。

巴罗向因答巴射出犀牛吼声箭,
因答巴就射出夜叉箭反击,
把犀牛吼声箭咬住嚼吃,
使犀牛吼声箭失去威力。

昆代又向对方射出飞行箭,
将因答巴的士兵全都卷走,
因答巴的士兵见状直打哆嗦,
他们怕死全都逃离战场。

因答巴见状很恼怒,
他又射出达赖罗箭,
那达赖罗箭如烽火雷,
把纳林答射死在地上。

帕那罗延那见到急忙施救,
用仙水把他救活,
纳林答好像刚睡醒一样,
翻爬起来又继续投入战斗。

昆松向布塔射出贝币箭,
布塔闪身避开,
昆宝向桑卡射出火弩箭,
桑卡挥剑一挡箭就变成粉末。

布塔射出了雷劈箭,
这一箭飞过去射中了昆松,
他从象背上翻滚下来,
当场断气把命丧。

桑卡射出了芝麻粒箭,
这一箭飞过去射中昆宝,
昆宝也从象背上翻滚下来,
当即面朝黄土呜呼哀哉。

帕巴罗射出的狮子箭,
飞向因答巴的后背,
因答巴闪身避开,
他得意地向巴罗做鬼脸。

因答巴向巴罗射出贝币箭,
被巴罗挥弓一挡,
贝币箭全都成了粉末,
因答巴见到后非常懊丧。

丙比桑也上来参战,
他用细嘎文箭射向因答巴,
因答巴闪身避开,
又一次保住性命。

因答巴又向巴罗射出贝币箭,
又被巴罗用宝剑削成了粉末,
丙比桑再次引弓发箭,
用细嘎文箭射向因答巴。

因答巴还算有能耐,
他一闪身避开没中箭,
昆代发射了芝麻粒箭,
射向因答巴的军队。

这一箭威力特别大,
射死因答巴将士三十万,
因答巴见状火冒三丈,
随即引弓射出狮吼箭。

他的箭射向丙比桑,
丙比桑迅速闪身避开,
巴罗见到后非常生气,
向因答巴军队射出达赖罗箭。

这一箭的杀伤力非常大,
射死了因答巴的将士一百万,
因答巴随即拉弓还击,
用芝麻粒箭射向昆代。

昆代闪身避开,
巴罗拉开雷劈箭射向因答巴,
因答巴从象背摔下即刻死去,
天神随即将他的魂收走。

将领都被射死,
士兵随即逃命,
有的跑进深山,
有的跑回勐迦湿王城。

逃进城里的士兵急忙进宫,
向帕板捧麻典禀报战场情况:
"奴的大王啊,战况非常糟糕,
三位大将全都阵亡。

"我们损失将士六阿阿,
全都死在巴罗他们的神箭下,
他们全都离开大王您了,
您看这样下去该怎么办?"

帕板捧麻典听后发呆,
他万分痛苦大声叫道:
"哎哟喂,
我的三员大将军死得好惨!

"你们这么有神通法力,
你们长得这么美貌英俊,
因答巴呀怎么就这样死去,
你们为什么全都离开了我呀!"

帕板说罢没再吭气，
他默默地坐在那里，
他到底在想什么，
此时谁也不知道。

听吧，像纺织娘①鸣叫一样，
歌喉清脆的妹妹啊，
哥哥要是年轻的小伙子，
就会等待远方妹妹来到。

可是哥哥已经年纪大，
再也没有这种奢望，
不像年轻狂傲的小伙子，
目空一切自以为是。

他们的脑子里不懂世道，
就算他们有多大的威力，
也比不上佛祖的威力大，
他们只是贪得无厌罢了。

佛祖世尊又停顿下来，
他要进行归纳和小结，
认为不仁不义没好结果，
他无比感慨地对比丘们说：

"众比丘啊，
帕板的几位大将全被打死，
勐迦湿要扭转败局不容易，
将士们全都溃败逃回王城里。"

---

①纺织娘：昆虫名，鸣叫声响亮悦耳。

第五十六章

帕巴罗战胜敌顽
帕板王哭祭亡灵

听吧，妹妹啊，
山溪的流水潺潺，
笼罩着浓浓的迷雾，
溪水流进江河注入海洋。

放眼向勐迦湿望去，
王城好像长满草木，
房屋无人空空荡荡，
勐里的很多女人成了寡妇娘。

哥唱到这里还得回过头唠叨，
因为最后这几仗实在很悲壮，
帕板捧麻典已派出最精锐将领，
依然没能把败局扭转。

这都是因为那贪婪君王，
狼心狗肺的帕板捧麻典，
他不遵循人世间的法则，
将老百姓带到痛苦深渊。

话说勐迦湿残兵败将，
逃进城里后惶恐不安，
他们纷纷跑进王宫里，
像死了蜂王的蜂子一样乱窜。

他们向帕板捧麻典禀报，
梦想讨根救命的稻草，
他们讲述了真实情况，
都说打仗时他们很勇敢。

无奈对方武艺太高强,
连昆达来将军也战死沙场,
他再也不能复活过来,
他死时身首分家很悲惨。

八阿呵军队剩下的只有三阿呵,
除了死去的还有许多受伤,
现在整个城池四周驻满敌军,
兵临城下我们可能家破国亡。

从前线回来的指挥官,
请求国王拿出退敌方案,
如果动作迟缓的话啊,
敌人就会攻进城来大扫荡。

他们还说勐邦果兵强马壮,
这场战争对方没多少伤亡,
可能他们的总头目很有才能,
也可能他们的作战方法得当。

更可能他们非常有福气,
佛祖只保佑他们一方,
天神说不定也护着他们,
这些问题我们不得不想。

看看人家的将领没死几个,
死伤的人搽点药就恢复健康,
而不会死的昆达来却死了,
我们的士兵大多受伤。

双方在同一战场打仗,
按说彼此都旗鼓相当,
可是我方却损失惨重,
敌人方面却安然无恙。

这些疑团无法解开,
一些问题更令人悲伤,
他们的人非常团结,
互相照应救死扶伤。

而我们勐迦湿这边,
各顾各互相不照管,
打败只会拼命逃跑,
自相践踏乱成一团。

特别是昆达来将军一死,
虽然发动冲锋但阵脚已乱,
冲上去的士兵晕头转向,
只是去送死而不是打仗。

我们的情况就这样糟糕,
打败仗是理所当然,
没有一个团结的队伍,
有天大本事也无法打胜仗。

国王听了大家的话,
沉痛的心情雪上加霜,
自己为什么如此不得人心,
他疑惑不解非常迷惘:

"照你们的这种说法,
他们的治伤药如仙丹,
残脚断臂也能治好,
这其中究竟有啥名堂?"

军官听后双手合十跪下,
他们如实禀报不敢隐瞒,
事到如今隐瞒也没有用,
倒不如让国王知道实况:

"究竟什么名堂我们不知道,
但是药到伤愈一点不夸张,
就连我们的伤员在内,
经他们医治也都恢复健康。

"可是发生令人伤心的事情,
被治好的士兵全投靠敌方,
他们调转头来打自己的人,
我们兵马减少他们队伍加强。"

帕板捧麻典听后脸色阴沉,
心里难过不知道怎么办,
他来回走动想不出办法,
他自言自语无比辛酸:

"我想念我的昆达来将军啊,
他不可能那么容易死亡,
也许他太累了躲避一下,
他还会回来再驰骋沙场。"

将军们听到国王的话,
觉得他对昆达来想法不现实,
他们不得不再次进言,
说明战场的真实情况:

"我们头顶上的国王啊,
我们能理解您的美好期望,
可惜昆达来将军确实死了,
他永远也不会重新上战场。

"这些都是我们亲眼目睹,
在场的人都可以证明,
当时农板王子提着他的头,
亲手交给帕那罗延那神王。

"神王接过之后丢进河里,
大鱼张开大口把它咬得稀烂,
将军再也不会活着回来,
国王不要再存任何幻想。"

帕板捧麻典听后脸色更难看,
他闭上双眼对天长叹,
他确信昆达来不会再回来,
他确信昆达来已战死沙场。

"哎哟喂,昆达来将军,
我们勐迦湿的名将,
你为国捐躯,
你死得好惨。

"你是勐迦湿的骄傲,
　你最有本领最能干,
　现在你已离我而去,
　这怎不令我悲伤。"

这时的帕板捧麻典有些心虚,
　他说话的口气显得凄凉:
　失去他最信任的昆达来,
　也就失去了他的最大希望。

　　国王又发布新命令,
　　他依然要继续顽抗,
　　他发现军心已涣散,
　　国王要显示他的威严。

　　帕板捧麻典下达命令,
　　要三位侍卫官出战,
　　他们是昆依念达和昆轰,
　　第三位是昆高大将。

　　三位将领不敢讲价钱,
　　还得装出有信心很勇敢,
　　大部队走出王城,
　　前呼后拥浩浩荡荡。

　　勐邦果方得知消息,
　　随即进行调兵遣将,
　　帕巴罗亲自上阵,
　　父亲丙比桑也参战。

父子俩统领大部队打主力,
　另有两位将军配合作战,
　他俩是昆塔来雅和纳林答,
　他俩充当左右手紧跟后方。

还有布塔和帕约两位大将,
　心痒痒也主动要求出战,
　这次出动兵力也很强大,
　几支军队加起来有十阿呵。

且说昆高将军的军队,
一出王城就遇到麻烦,
他迎头就碰上了帕巴罗,
只好硬着头皮大声呐喊:

"勐邦果的人你们听着,
我劝你们不要太狂妄,
你们的国王不守规矩,
总想着对邻国侵犯。

"你们跑那么远来打我们,
这道理怎么讲?
你们是不是想霸占勐迦湿,
想当我们勐迦湿大国的君王?

"没见过有人这么不要脸,
闯进塔楼来抢我们的姑娘,
想娶国王的公主做妻子,
你这个臭小子实在不自量。"

昆依念达没等昆高骂完,
早已咬牙切齿火冒三丈,
他睁圆双眼攥着拳头,
指着帕巴罗发泄愤懑:

"你们别以为自己强大,
你们不要太过于狂妄,
今天老子要来收拾你们,
给点厉害你们看看。

"老子也要打到勐邦果,
去占领你们的地盘,
昆轰将军将留在勐邦果,
就当勐邦果的大国王。

"昆高将军就留在勐达腊迦,
在那里当你们的国王,
我们要占有你们的女人,
包括寡妇和漂亮的姑娘。

"一个男人娶几十个老婆,
　　想睡就睡想玩就玩,
　　想搂就搂想抢就抢,
　　快快活活玩个痛快。

"你们就老老实实认输吧,
　　我劝你们快点投降,
　你们如果不听我的劝告,
　　就必定战死在沙场。

　"那时你们后悔莫及,
　再也见不到自己的婆娘,
　　最后没有一个活命,
　　统统被杀绝死光。"

　　帕巴罗听后哈哈大笑,
　笑他们口气太大不自量,
　　眼看勐迦湿败局已定,
　　死到临头还在夸夸其谈。

"你们这些不懂事的蠢将,
　　临死之前还在大声嚷嚷,
你们大概不知死是什么滋味,
　都想亲自把死亡味道品尝。

　"老子是帕亨达的孙子,
　　我爷爷名扬四方,
　老子不想占领谁的领土,
　你小小勐迦湿我看不上。

"我要把你们送上断头台,
　　到时候后悔已太晚,
　让你们明白自己连狗都不如,
　　只是靠着没本事的主子吃饭。

"这回由你们选择自己的命运,
　如果想活命你们就快投降,
　如果你们不想活命的话,
　等待你们的是彻底灭亡。

"投靠我们可以让你们活命,
让你们回去见婆娘,
如果不投降连癞皮狗都不如,
你们的下场会很悲惨。

"我警告你们各位,
我巴罗是一条好汉,
会砍下你们的头来喂鱼,
不服气就来比比看。"

双方都在破口对骂,
谁也不肯认输退让,
彼此说话都很强硬,
恨不得把对方骂死在战场。

经过一番激烈的舌战,
谁也没能够骂倒对方,
对骂解决不了问题,
便开始动武比试刀枪。

昆轰骑着战象,
杀过来直砍对方,
昆依念达也密切配合,
用弩箭射帕巴罗胸膛。

帕巴罗对这一招满不在乎,
他用宝剑把飞箭轻轻一挡,
然后又用手抓住箭的中间,
把箭折成两截给对方看。

一旁的农板随即引弓射箭,
把火箭射向昆依念达大将,
这一箭射出非同小可,
强大的火力无法阻挡。

昆依念达也算是条男子汉,
对飞来的火箭他立即躲闪,
这一箭没有击中他的身体,
只擦破点皮把上衣划烂。

昆依念达的披风着了火,
被火烧着的风衣无法穿,
他于是把风衣扔在地下,
他继续战斗驰骋沙场。

昆轰大将军见情况不妙,
射出一支飓风箭来扑灭火焰,
燃烧的大火立即被扑灭,
可惜那件风衣已无法再穿。

帕巴罗开始发挥他的神通,
他发射的箭同别人不一样,
每次都弄得遮天蔽日,
白日里天地一片黑暗。

昆高将军也有他的绝招,
他射出闪光箭把天地照亮,
两位将领都是高手,
一来一往互不相让。

昆轰向昆塔来雅射箭,
他射出的箭火红滚烫,
昆塔来雅则用水箭冷却,
真是道高一尺魔高一丈。

昆高又举弩射击,
他又玩出新的花样,
他的箭会变成大片树林,
形成一堵不可逾越的树林墙。

帕巴罗自有攻破的办法,
他用奔冠箭扫清路障,
大树林很快就被摧毁,
昆高只有望天长叹。

纳林答又射出弓箭,
他的箭又有新的名堂,
射出的箭立即变成许多老虎,
成群的老虎凶猛异常。

老虎的吼叫声惊天动地，
整个战场一片混乱，
士兵们被吓得发抖，
神志不清手脚发软。

勐迦湿将官非常恼火，
他们立即部署新的方案，
昆依念达使用冉哈箭，
把老虎全部吞没除了后患。

帕农板王子使出高招，
他使用的神箭令人毛骨悚然，
那神箭飞出后会把人死死抱住，
没本领的人难逃这一关。

帕农板的箭瞄准昆依念达，
神箭伸开巨臂如风似浪，
昆依念达熟悉王子这一招，
迅速回避逃出神箭的巨臂。

神箭没有抱着昆依念达，
把他周围的士兵死抱不放，
那神箭威力确实很大，
被它抱着的人马多达十万。

昆依念达立即回击，
他发射的箭声最响，
那响声震耳欲聋，
令人分辨不出方向。

纳林答将军不幸中箭，
但他稳坐象背没有落地，
他的伤势不是太重，
纳林答保住性命没有死亡。

帕那罗延那替他上药，
把神药涂抹在伤口上，
伤口很快就愈合，
纳林答又继续战斗。

昆轰举弩射击，
目标对准布塔大将，
这种箭能射穿厚厚的盾牌，
威力之大世上罕见。

幸亏布塔动作敏捷，
迅速躲避没被弩箭射中，
两位将军继续交锋，
彼此不分上下都是老将。

昆高也频频拉开弓弩，
向帕约猛烈射击，
帕约用宝剑进行拦截，
把射来的箭通通砍断。

布塔用的宝箭非常好，
他发射的箭命中率非常高，
布塔从不轻易射箭，
每次射击必定有人丧命。

布塔向昆轰射出一箭，
昆轰肥胖的身躯立即滚下大象，
他从此永远辞别了妻子，
辞别他可爱的儿子和姑娘。

帕约也是一位射箭高手，
他每一箭都会命中目标，
他瞄准昆高射出一箭，
令昆高将军无法抵挡。

昆高从象背上滚落下来，
连话也没说半句就完蛋，
他丢下美丽的妻子，
年纪轻轻就要在家中守空房。

勐迦湿损兵又折将，
很快就死伤一大半，
只剩下昆依念达一员大将，
他还要进行最后顽抗。

勐邦果军队越战越勇,
昆依念达四面受到围剿,
昆依念达如惊弓之鸟,
他四处突围无法跑掉。

他无可奈何狗急跳墙,
用沙墨别神弩阻击刀枪,
他企图把帕巴罗打死,
他不甘认输也不愿投降。

不料帕巴罗武艺高强,
用宝刀拦截把暗箭砍断,
昆依念达显得无可奈何,
他六神无主惊恐不安。

帕巴罗射出奔冠神箭,
隆隆的轰鸣声地动山摇,
这一箭击中昆依念达头部,
他滚下象背摔了一大跤。

昆依念达还没有死去,
他垂死挣扎还想逃掉,
帕巴罗冲向前去,
对着他脑袋补上一刀。

勐迦湿的三位将领,
至此全部被杀光,
他们参战的军队官兵,
总共有四阿呵死伤。

活着的士兵纷纷逃命,
一个个像疯子一样乱窜,
他们四处奔逃收不拢,
就像夏天的芦苇花随风飞散。

勐迦湿的工事也被摧毁,
坚固的碉堡全都被捣烂,
所有的战壕都被踏平,
失去功能无法再用。

溃败的散兵各自亡命,
捡回老命是唯一的希望,
他们争先恐后逃进王城,
气急败坏屎尿流满裤裆。

勐迦湿在战争中再度失利,
派出的三员大将无一生还,
剩下的士兵就像无王的蜂子,
四散逃命溃不成军。

逃进王城的败兵直奔王宫,
上气不接下气禀报国王,
士兵禀报将军的死讯,
还详细描述失败的惨状。

连三个侍卫官也赔了进去,
帕板彻底成了孤家寡人,
他已经完全无人可用,
莫非自己真的就此完蛋?

帕板捧麻典惊恐万状,
他全身发抖坐立不安,
他立即传令几个弟兄,
这是他最后一根救命稻草。

帕板捧麻典有六个兄弟,
弟兄团结心往一处想,
他本人排行老二,
巴拉迭瓦是他的兄长。

迭文答排行老三,
老四是捧麻扎嘎,
老五是丙拔扎嘎,
老六是沙嘎拉晚那。

巴拉迭瓦了解了战况,
意识到局势非同一般,
如今已没有退路,
兄弟几个只好亲自出战。

第五十六章

"看来他们的力量确实很强,
我国已没有克敌的大将,
现只好由我们亲自出马,
兴许还能把敌人消灭。

"如果我们不亲自上阵,
打来打去没完没了,
再这样下去会死更多臣民,
还会把大好河山葬送。"

巴拉迭瓦的话很有道理,
兄弟们一致赞同,
准备各自率领千万傣兵,
上前线捉拿敌方将官。

他们不甘心失败,
勐迦湿国从未打败仗,
他们自认是强者,
决不向任何人投降。

谁想占领勐迦湿大国,
那完全是一种梦想,
他们要拿出最后的力量,
与勐邦果作最后的决战。

兄弟们经过一番谋划,
五个兄弟披挂上战场,
帕板留守王宫当总指挥,
协调前方作战和后备力量。

他们各率领千万傣兵,
在勐迦湿整装待发,
为了显示威武,
出发时所有臣官都来送行。

大队人马开始出发,
骑兵在前步兵在后,
部队像蚂蚁一样开出城外,
一路上尘土飞扬。

五兄弟显得格外威风，
他们都骑着高头战象，
走在各自军队最前面，
腰佩弓弩手执刀枪。

帕板向哥哥和弟弟们送行，
祝愿他们旗开得胜打败对方，
他在王宫里准备庆功酒，
等待兄弟们回到王宫殿堂。

话说勐邦果统帅帕巴罗，
得知帕板国王又在调兵遣将，
此次帕板国王做垂死挣扎，
要预防他们狗急跳墙。

此时的敌人最狠毒，
帕巴罗不敢大意小看，
他们也在认真做准备，
坚决打击不甘失败的敌人。

巴罗让爷爷留守军营，
他带领将领全部上战场，
巴罗又对军队重新整编，
把高级将领全列出名单。

帕巴罗把自己排第一，
既是统帅也是大将，
第二是帕丙比桑国王，
既是父亲又是得力干将。

第三是帕昆代王子，
他的武艺非常高强，
第四是纳林答将军，
他是勐邦果的名将。

第五是布塔将军，
他打起仗来特别勇敢，
第六是坦麻将军，
他有勇有谋善于判断。

第七是桑卡大将，
这是一位忠诚的武将，
第八是帕雅兰达罗，
他是一个勐的国王。

第九是帕雅约道拉扎，
他也是一个勐的国王，
第十是帕念达辛，
他打起仗来势不可当。

第十一是侍卫军总头目索利瓦，
他是专门搞保安的侍卫官，
第十二是个多才多艺的将领，
他的名字叫做加拉韦扎。

第十三是阿皮伦大将军，
他从来没有打过败仗，
第十四是萨哈嘎帝和济达奴帕，
他俩善于配合打硬仗。

勐邦果盟军这些大将领，
在各勐都很有名望，
他们总共有十五位，
巴罗与他们一起商量：

"敌人想作最后顽抗，
这也是勐迦湿最后力量，
我们要采取包围战术，
把他们全部消灭光。"

巴罗下令军队出发上前线，
把勐迦湿城围成铁桶一般，
密集的兵力比砂粒还要多，
王城外好比节日的赶摆场。

他们出动所有的军队，
包括所有的战马和战象，
他们对军队进行分工，
四个将领为一个阵营。

第一个碰上勐迦湿军的，
是昆嘎拉南瓦的阵营，
勐迦湿军来势汹汹，
冲锋陷阵如狼似虎。

这回勐迦湿也倾巢而出，
他们的兵将如野蜂群一样，
每个士兵都佩带有弓弩，
发射时像狂风暴雨从天而降。

众多的兵马如山洪暴发，
直冲勐邦果的兵将，
他们边冲边射火龙箭，
勐邦果的不少士兵被烧成木炭。

帕丙比桑看到这阵势，
示意两个儿子一道行动，
父子三人包围了巴拉迭瓦，
巴拉迭瓦三面受敌一筹莫展。

巴拉迭瓦拔出宝刀左右挥动，
他想杀开血路把形势扭转，
他奋力厮杀拼出了老命，
可惜打错算盘没有作用。

丙比桑并非等闲之辈，
他手握宝刀上前就砍，
他的两个儿子也冲上来，
三个将领与巴拉迭瓦决战。

巴拉迭瓦左防右打奋力拼杀，
他被三面围攻进退两难，
他的体力越来越无法支撑，
可是又不愿意举手投降。

此时巴罗挥动宝剑，
从巴拉迭瓦的背后包抄，
那寒光闪闪的宝剑，
向巴拉迭瓦背后刺进去。

巴拉迭瓦的胖脸顿时铁青，
巴拉迭瓦的眼睛火星乱冒，
巴拉迭瓦终于支撑不住，
他的性命就此葬送。

这位勐迦湿的有名大将，
终于离开他的家族王朝，
勐迦湿方面得知消息，
都为之惋惜和心痛。

迭文答见此情况，
心里非常紧张害怕，
他手举神弩进行反击，
要为大哥报仇把战局扭转。

他的火龙箭射向巴罗，
却被巴罗用宝剑砍掉，
巴罗动作敏捷，
他的眼睛明察秋毫。

巴罗立即回敬一箭，
这一箭非常的厉害，
箭的名字叫吉腊别，
一般人遇到它死路一条。

这一箭直射迭文答将军，
这位将军并非草包，
他迅速将身体躲开，
成功避过这一遭。

捧麻扎嘎也拿出神弩，
瞄准他要射击的目标，
他的箭叫奔迈哥害龙，
直直飞向帕昆代的后脑。

昆代头一偏躲过飞箭，
脸不变色心不跳，
捧麻扎嘎又举弩进行射击，
这支箭也被打掉。

射过去的箭全被昆代接下,
　　一根根都被砍断,
　　任何武功高强的将领,
　　都无法在他面前逞强。

　　勐邦果盟军步调一致,
　　打起仗来秩序井然,
　　虽说有时无法一击奏效,
　　却能形成合力打败敌方。

　　纳林答瞄准捧麻扎嘎,
　　放出一箭射他的胸膛,
　　没想到捧麻扎嘎眼快,
　　避开飞箭安然无恙。

　　那飞箭从他身边擦过,
　　射中他手下的士兵和大象,
　　士兵死伤不计其数,
　　这一箭威力令人惊叹。

　　虽说勐迦湿士兵大批伤亡,
　　他们顽强抵抗不愿投降,
　　勐邦果方面也死伤不少,
　　双方打得天昏地暗。

　　布塔又射出神箭,
　　奇拉密神箭声音很响,
　　巨大的轰鸣声呼啸飞去,
　　不少士兵吓得伏在地上。

　　沙嘎拉晚那避开飞箭,
　　死的又是小兵小官,
　　双方将领都训练有素,
　　战场上能攻也能守。

　　沙嘎拉晚那反击一箭,
　　这支箭带着火焰,
　　箭头直指布塔将军,
　　企图一箭叫他完蛋。

布塔将军不慌不忙,
用宝刀把火箭砍断,
沙嘎拉晚那见到大为恼火,
他对勐邦果盟军一筹莫展。

沙嘎拉晚那气得咬牙切齿,
恨不得把敌人一口吃掉,
他破口大骂勐邦果盟军,
仇恨的怒火熊熊燃烧:

"你们这帮强盗,
我要把你们全杀光,
如果你们还想活命,
就赶快放下刀枪。

"老子可以饶你们一命,
以往的事可一笔勾销,
让你们享受我们的福荫,
否则叫你们全部灭亡。

"老子已准备作料,
准备把你们剁成肉酱,
把你们的肉当下酒菜,
还要吃你们的心肝。

"油盐酱醋样样齐全,
还准备了大蒜和生姜,
先把你们的肉红烧,
再用辣子炒吃内脏。"

帕巴罗听后哈哈大笑,
他笑他实在太狂妄,
死到临头还夸海口,
目空一切太不自量:

"你们这帮无知的蠢货,
不知天有多高地有多厚,
如果你们不知死的滋味,
今天就叫你们去见阎王。

"你们带来的作料有多少,
我们全部笑纳有用场,
油盐酱醋我全部都要,
用来炒你们的心肝肚肠。"

彼此互相对骂,
谁也不会谦让,
他们边骂边打,
战火越烧越旺。

丙拔扎嘎和萨哈嘎帝,
拉弓放箭射向对方,
箭矢只射中士兵,
勐迦湿士兵又大批死伤。

捧麻扎嘎看到这种情况,
心里头极度悲伤,
他的军队伤亡惨重,
总共死了三百多万。

他举起神弩猛射过去,
这箭直射加拉韦扎大将,
加拉韦扎功夫好躲得快,
连皮毛也没有擦伤。

这箭叫奔星宰嘎威,
威力之大世上罕见,
这一箭射中了士兵,
大批士兵倒地死亡。

帕那罗延那见到很生气,
赶紧用仙水救治士兵,
死去的士兵又恢复生命,
精神抖擞重上战场。

纳林答将军拉弓放箭,
直射沙嘎拉晚那,
这箭名叫奔巴阿维吉亚,
在沙嘎拉晚那的身旁爆炸。

沙嘎拉晚那幸亏念了咒语,
成功避开没被炸伤,
尘土被炸飞很高,
撒在沙嘎拉晚那的衣服上。

沙嘎拉晚那举起弓弩,
直射萨哈嘎帝大将,
箭名叫做塔来罗,
弩箭如雷击电闪。

萨哈嘎帝挥动手中宝剑,
粉碎了沙嘎拉晚那的梦想,
射过去的这一箭又落空,
沙嘎拉晚那为此更加心烦。

随后阿皮伦将军发射神箭,
他想打掉敌人的嚣张气焰,
这箭名叫阿皮罗龙,
目标对准迭文答大将。

迭文答见了赶紧躲开,
动作很快没被射中,
将领们都有防身的一套,
要射中对方实在很难。

勐迦湿军虽然寡不敌众,
四位将领不慌不乱,
他们不会就此服输,
骄傲气焰依然不减。

双方用箭对射之后,
又用刀对打展开了肉搏战,
激烈的搏斗惊天动地,
像要把勐迦湿大地掀翻。

念达辛将军开始出场,
他是位脾气暴躁的大王,
他射出去的箭威力很大,
发出惊天动地的巨响。

丙拔扎嘎闪身想躲开,
不料一箭穿心把命丧,
还有大批士兵被射死,
　　他们死得真太冤。

　　迭文答又举弓射箭,
这个箭的名字叫火焰,
帕亨达王爷此时也出战,
他挥动宝刀熄灭了火焰。

　　丙比桑射出纳拉雅箭,
终于射中迭文答胸膛,
　　他从象背上滚下来,
喘了一会粗气就不再动弹。

沙嘎拉晚那眼见三哥五哥都阵亡,
　　气得捶胸跺脚全身颤抖,
　　这一箭不仅射死迭文答,
同时射死的士兵有四十万。

　　沙嘎拉晚那气得要发狂,
　　他拉开弓箭猛射敌方,
　　　他射出的箭叫别索,
这箭专门射向丙比桑王。

　　丙比桑立即用刀拦截,
　　飞来的箭全部被砍断,
　　他不但没有被射着,
连周围兵卒也没受伤。

帕昆代王子也举弓射箭,
这种名叫奔冠的箭很难防,
　　飞箭击中了沙嘎拉晚那,
他随即滚下象背去见阎王。

　　沙嘎拉晚那身体肥胖,
　　他躺在地上不动弹,
这个人一贯不得人心,
死的时候无人会心酸。

他死后丢下了爱妻，
空有红颜却守空房，
他的妻子美丽娇小，
不知会成为谁的婆娘。

勐迦湿士兵大批死伤，
大将只剩下捧麻扎嘎，
他看势头不好转身逃跑，
他脸色发青神情沮丧。

他想逃回勐迦湿王城，
保住老命去见老婆，
他已失去出征时的威风，
他知道打下去只会全军覆没。

此时形势不如他所想，
他想逃跑不那么简单，
勐邦果军队前堵后追，
捧麻扎嘎进退两难。

他的军队被团团围住，
他四面受敌退路已断，
对方向捧麻扎嘎喊话，
叫他放下武器来投降：

"你已经被我们包围，
瓮中之鳖无从逃窜，
如果你想活命的话，
就别再负隅顽抗。

"我们可以放你生路，
保证你不受到损伤，
但是必须要有条件，
你要彻底认输举手投降。"

捧麻扎嘎听后心凉如霜，
他想不到落得如此下场，
他想保住自己的老命，
又羞于启齿左右为难。

起初他说了那么多大话，
如今这面子往哪里放？
与其跪着生不如站着死，
此时他的抉择生死攸关。

想来想去他要孤注一掷，
他挥动宝刀疯狂抵抗，
他把生死置之度外，
他准备战死沙场上。

他抓起一颗火星弹，
冲进勐邦果的军队中间，
他左右环顾寻找目标，
想同丙比桑王决一死战。

勐邦果方面看穿他的阴谋，
念达辛将军对他紧追不放，
加拉韦扎将军堵住他的去路，
前后夹攻他无法逞强。

随后又来四五位大将，
与捧麻扎嘎展开肉搏战，
索利瓦将军手握大刀冲杀，
对准捧麻扎嘎奋力一砍。

这一刀着实厉害，
把捧麻扎嘎头颅砍成两半，
捧麻扎嘎一命呜呼，
掉下象背无法动弹。

俗话说树倒猢狲散，
捧麻扎嘎手下乱作一团，
他们失去理智互相残杀，
疯疯癫癫四处逃窜。

勐邦果的军队乘胜追击，
砍脑袋就像切西瓜一样，
捧麻扎嘎死后不一会儿，
他手下四百万大军全完蛋。

勐迦湿军只剩下残兵,
此时已经失去领头大将,
像蜜蜂失去蜂王到处乱窜,
个个心慌乱作一团。

俗话说兵败如山倒,
像决堤的洪水一样,
士兵丢盔弃甲想逃进城,
但头昏脑涨认不明方向。

将领一死军心就大乱,
士兵们各顾各大逃亡,
丢下弓弩刀枪数不清,
战死的尸体堆成山冈。

受伤的士兵也不少,
有的瞎眼睛有的断脊梁,
有的肚子被划破,
有的肠子往外淌。

勐迦湿士兵溃不成军,
拥来挤去像田鸡一样,
有的实在跑不动,
干脆坐在地上举手投降。

勐邦果方面一鼓作气,
乘胜前进紧追不放,
凡是投降的手下留情,
对继续顽抗的只能杀掉。

被俘虏的士兵非常幸运,
给他们饭吃给他们治伤,
那些药物非常神奇,
药到病除很快恢复健康。

他们向勐邦果谢恩,
磕头作揖态度诚恳,
纷纷表示投奔对方,
要同帕板王一刀两断。

勐迦湿也有顽固分子,
死心塌地跟随帕板王,
　他们逃进王城之后,
向帕板报告前线战况。

　　他们拜见国王,
样子如同丧家犬一般,
他们细说了前因后果,
尽量把自己粉饰一番。

帕板王好像心情尚好,
　看不出有半点紧张,
　面带微笑自我安慰,
仿佛这次打了胜仗。

其实帕板王的心里明白,
这次战死了五兄弟大将,
而阵亡的士兵不计其数,
　惨败令他头昏脑涨。

　帕板的微笑时间不长,
装出的笑脸很快露馅,
他突然放声痛哭起来,
这时的样子实在凄凉:

"我的十六名大将军啊,
　你们是勐迦湿的栋梁,
　你们就这样离我而去,
　　你们死得何等冤枉。

"你们丢下了自家的儿子,
　你们丢下了心爱的婆娘,
孩子们全都变成了孤儿,
妻子变寡妇在家守空房。

"我的命啊为何这样苦?
　孤家寡人无人来陪伴,
　今后谁来保卫这疆土,
　　没有大臣哪有国王?

第五十六章

"苍天啊请为我做主,
大地啊请开恩行善,
我已经落得如此地步,
我还有何面目活在这世上。

"昆辛和昆松将军已离我而去,
丢下美丽的家空空荡荡,
丢下他们如花似玉的妻子,
不知今后会变成谁的婆娘?

"还有可怜的昆占和昆香将军,
他们也在战场上阵亡,
他们身中万箭死得悲壮,
撒手而去回不了家乡。

"他们上有父母下有儿女,
还有那年轻美丽的婆娘,
死的时候没有见上一面,
如同做了一场噩梦一样。

"还有英勇善战的昆轰将军,
他离开家乡来替我作战,
他是一个很了不起的人,
他令我惋惜和伤心。

"他抛下他的国家勐帕迪亚,
空留着他那温暖的金床,
丢下美丽的王后婻西丽,
这位年轻的寡妇怎么办?

"妻子知道丈夫很勇敢,
从未想过他会打败仗,
在家等着丈夫凯旋,
万没想到丈夫已经遇难。

"让我惋惜的人还有很多,
昆达来是一员大将,
他是一个很有才能的军人,
没料到也战死在战场。

"从此他抛下了幸福的家庭,
　丢下美丽温柔的妻子章罕,
　如今她也变成了一个寡妇,
　再也不能与丈夫同枕共眠。

"还有那位叫昆庄的将军,
　他的国家勐金在海边上,
　他从此也回不去当君主,
　他的臣民也见不到国王。

"他死的时候没有生病,
　他的身体非常结实健壮,
　他死在勐邦果的军刀下,
　他丢下年轻爱妻婻慕香。

"可惜啊还有昆宝将军,
　他丢下了勐安提亚江山,
　这个勐找不回它的主子,
　他妻子不知能守寡多长?

"可惜那位昆野大将军,
　想不到他也战死沙场,
　他的爱妻名叫婻晚娜,
　她腰身细细胸脯丰满。

"她那迷人的好身材,
　令多少男人口水流淌,
　如今昆野已撒手而去,
　他老婆不知同谁上床?

"蜜蜂飞来为了采花蜜,
　多少男人会围着她转,
　谁有本事就能抢着她,
　没丈夫的寡妇真可怜。

"寡妇们从此无依靠,
　她们失去了美满家庭,
　她们还要抚养孩子们,
　还要经受野男人的蹂躏。

第五十六章

"可怜啊我的威武大将军,
你的名字叫昆依莱,
你也战死离开了我,
被勐邦果军队射中胸膛。

"你死时没留下一句话,
你死得是那样的悲壮,
你丢下了勐阿利拔国,
你再也回不去当国王。

"你的爱妻叫婻杰西尼,
她非常美丽又善良,
你死后她一定很伤心,
她红颜薄命从此守空房。

"还有那肥沃的国土,
今后由谁来治理?
为了争夺国王这个宝座,
没准还会引发内乱。

"哎呀你们为什么那么倒霉?
为什么会落得如此的下场?
莫非你们妻子在家不检点,
偷男人染霉气才带来祸殃?

"因为你们都带有护身符,
护身符能为主人保平安,
难道这些护身符不显灵,
我想这里面必定有名堂。

"而且你们出征前都净身,
你们都洗了澡一尘不染,
洗澡后才穿上你们的战服,
还用蛇藤水洗头把魂安。

"蛇藤水是万能圣水,
能刀枪不入保安康,
难道这圣水也不灵验,
导致你们一去不复返?

"所以我才会怀疑你们老婆,
她们在家不守妇道偷情郎,
老婆偷了男人就会染霉气,
中了霉气你们必定打败仗。

"那些没有死的将士们,
家里必定有个好婆娘,
不会同人乱搞守贞节,
野汉子上不了她们的床。

"她们的丈夫没有霉气,
打起仗来必定很勇敢,
而且还能够打胜仗,
不像你们轻易就死去。

"可怜你们都中了邪,
年纪轻轻就把命丧,
来不及告别妻子儿女,
我也为你们惋惜悲伤。

"你们离开了自己的勐,
你们的勐失去自己的国王,
众多大臣和宫女,
都将为此而悲伤。

"你们的大老婆和小妾,
你们的儿子还有姑娘,
还有年老的父王母后,
都将经受痛苦和磨难。

"你们都纷纷离我而去,
今后去哪找这样的大将,
你们机智勇敢无限忠诚,
你们是顶天立地男子汉。

"我真可怜因达巴兄弟,
他灵敏聪明是天神下凡,
可惜他也离我而去,
不能幸免也战死沙场。

"他丢下了圆脸的美丽妻子,
她再不能打扮得花枝招展,
她穿着紧身上衣宽大筒裙,
可惜再美丽也是个寡妇娘。

"可惜啊还有巴拉迭瓦国王,
他是我的哥哥也战死沙场,
福气并未保住大哥的性命,
年纪轻轻就永别他的故乡。

"他的国家叫做勐萨嘎拉,
国王的宝座如今空荡荡,
他抛下了婻苏敏达嫂嫂,
让她守在宽阔的宫房。

"婻苏敏达活活守寡怎么过?
她肯定泪水洗脸愁眉不展,
即使她是天下最美的女子,
如此伤心再也显不出漂亮。

"美女啊守空房心情很惆怅,
再英俊的小伙也无法令她舒畅,
如同一块闪光的翡翠宝石,
她将永远失去灿烂的光芒。

"迭文答啊我的王弟,
你也死得是那样的冤,
你的头被敌人砍下来,
尸首分家更加悲惨。

"你是我最贴心的三弟,
你也逃不了死神纠缠,
你为国捐躯死而无悔,
哥弟俩再不能诉衷肠。

"你已经离开了幸福的家庭,
丢下弟媳婻韦舒提多可怜,
从此她不能与你同床共枕,
孤零零一人在王宫守空房。

"还有我的四弟捧麻扎嘎,
你是坚持到最后的大将,
你完全可以投降保性命,
但你为哥哥我拼死奋战。

"还有丙拔扎嘎和沙嘎拉晚那,
我的两位小弟死得是那样的悲壮,
为保卫勐迦湿的国土,
你们视死如归英勇顽强。

"真可惜啊我的十六位大将军,
你们全是大名鼎鼎男子汉,
你们全部成了敌人刀下鬼,
不知你们灵魂如今在何方?

"造成今天这种局面,
完全为了帮我的忙,
这场无情的战争啊,
使多少生灵遭涂炭。

"死去的不论是军人百姓,
也不管是小伙子还是姑娘,
他们都是无辜的生命啊,
完全没理由把生命葬送。

"如今我已没有高级将领,
剩下的只是一般将官,
我已变成孤家寡人,
成了一个无力量的国王。"

帕板捧麻典掰起指头算,
把战死的大将军名字点完,
他们都是王亲国戚,
是叱咤风云的王官。

点完长官他又点小官,
点完小官他又数士兵,
他越数心里越难过,
他越数心里越悲伤。

帕板捧麻典召见官员，
首先来晋见的是财务官，
他叫财务大臣拨出金银，
抚恤战死官员的亲属遗孀。

帕板要求财务大臣，
做这件事要有感情，
不能漏掉一户一人，
更不能有半点错乱。

除了发给抚恤金之外，
还要为死者诵经送葬，
赕佛的供品要早做准备，
一样不能少并且要新鲜。

要有稻秆扎的花束，
要有蜡条和金箔片，
还要有年糕和粽子，
每人要有一套瓢盆和绢帕。

这种赕佛诵经的方式，
是傣家人祭奠死者亡灵，
要为死难者祝福祈祷，
把供品挂在桂花树上。

给死者送去生活用品，
送金钱给死者当盘缠，
送粮食五谷给他们吃，
送布匹给死者做衣穿。

帕板捧麻典为死者默哀，
那表情显得特别悲伤，
他脸上布满深深的皱纹，
泪水顺着皱纹往下淌。

这场战争令他伤心，
他双眉紧锁不展，
他已失去往日威风，
他为此羞愧难堪。

他的面孔黯然失色,
　下巴不断地颤抖,
　至此他才后悔莫及,
　但事情已无法扭转。

　故事唱到这里没结束,
　要讲的事情还有很长,
　要把故事创作成诗歌,
　很多情节表述比较难。

　因为言语不顺又不押韵,
　我还苦于没有人来帮忙,
　另一方面我没当过佛爷,
　我的水平确实非常有限。

　把经书改编成诗歌,
　有很多问题不好办,
　如果谁有更深的学问,
　我拜他为师请他帮忙。

比方说湖上的金莲花姑娘,
我在编写时就觉得很困难,
如果按照经书上的故事,
照搬出来会令人不知所然。

　不管有多大的困难,
　我会尽最大的力量,
　编累了就休息一会儿,
　坚持把故事编写顺当。

　当然写作要有恒心,
　休息时间不能太长,
　特别是写到中间时候,
　一定要坚持写完一个篇章。

　有时候孩子会来打搅,
　会把你的思路全打乱,
　为此我只好夜晚再写,
　更深人静写作较顺畅。

如果不巧妙利用时间,
连写一点小短文也妄想,
改写长篇经书更不用说,
这是我写诗歌的真实情况。

第五十七章
迦湿城四面楚歌
帕板王垂死挣扎

现在我要继续吟唱的歌,
是关于战争故事的续章,
那个帕板捧麻典并不死心,
这战争的故事就没个完。

话说勐邦果这边的人,
已经打了大胜仗,
他们把敌人赶进王城,
并对王城形成包围圈。

他们严守所有出入要道,
把王城围成像铁桶一般,
任何人都无法通行,
勐迦湿城死水一潭。

勐邦果是个礼仪之邦,
帕巴罗是个菩萨心肠,
他想给帕板留条活路,
没有让他们全部完蛋。

他写了一封书信,
派人进城交给帕板王,
他表明自己的诚意,
给他一线生的希望:

"尊敬的勐迦湿王啊,
我要向你通报情况,
你已经被我们包围,
你已逃不出我手掌。

"不过你也不必着急,
你还有个王子农板,
他还住在我们这里,
他非常明智又能干。

"你不必担心他的安全,
我们不会使他为难,
他同我们和睦相处,
他同你完全不一样。

"你如果不信你儿子和儿媳,
还有许多投诚过来的兵将,
他们在这边都生活得很好,
我们对俘虏一贯宽宏大量。

"他们都吃得好住得好,
好像住在自己家一样,
他们享受着应有福分,
我们为他们提供方便。

"这些人的数量不少,
多达几百万人,
他们都乐意留下来,
不愿再回到你身边。

"为此我要再劝告你,
希望你能回头是岸,
千万不要一意孤行,
再对抗绝无好下场。

"早投降比晚投降好,
希望你能及早决断,
拖延时间不是办法,
你要为自己命运着想。

"再说投诚过来的士兵,
他们家有老少和婆娘,
他们全是无辜的生命,
同家人团聚是他们的期盼。

"你投降了他们才能回去,
你要挽救他们免受苦难,
这就需要你及早醒悟,
你要为他们的幸福着想。"

这个帕板捧麻典国王,
听了来人宣读的信函,
他不仅未受半点感动,
竟拍案而起怒火万丈。

帕板气愤得满脸通红,
心脏几乎要气炸一般,
他把送信人赶了出去,
像疯子一样大声叫喊。

当他冷静下来的时候,
听到城外杀声震天响,
那杀声响了一阵子后,
突然变成另一种声响。

帕板捧麻典侧耳细听,
结果更令他肝肠寸断,
飘进他耳朵里的不再是杀声,
而是快乐嬉笑的联欢声。

敌人在欢呼胜利,
敌人在庆功领赏,
歌声欢呼声此起彼伏,
喜庆气氛在郊外回荡。

欢呼声如同一把匕首,
直刺进帕板王的心脏,
他从金床上站了起来,
捶胸抱头高声叫喊:

"老天爷呀你张开慧眼,
看他们用的什么手段,
他们这是杀人不用刀,
他们要气死我不用武器。"

城里怨声载道,
城外歌声不断,
城里乌云密布,
城外天空晴朗。

帕板在宫里来回踱步,
帕板心里已乱作一团,
城里老百姓垂头丧气,
宫内臣官望天兴叹。

城里人像关在笼里的狮子,
有力无处使有话无处讲,
个个急得像热锅里的蚂蚁,
人人像肉体上被扎刺一般。

山上的麂子乱蹦乱跳,
老狗熊仰首对天长啸,
乌鸦在王城上空盘旋,
呀呀的叫声十分凄凉。

一时间王城里出现怪现象,
家禽家畜同野鸟野兽偷欢,
它们混杂在一块难分彼此,
自家人难辨自己的牛羊。

连那些白天睡觉的猴子,
大白天也跑到城里来玩,
还有夜里才会飞的飞天狼,
也飞到城里头来逞凶狂。

勐迦湿的王宫顶上,
乌鸦老鹰不停叫唤,
勐迦湿的王宫门前,
猪狗调情互相淫乱。

婆罗门国师们,
眼看这种奇怪的现象,
他们口里不说心里明白,
国家遇上了灭顶之灾。

所有的老人都很担忧,
国王闯下的祸怎么办?
何去何从还得国王拿主意,
弄不好国王就此完蛋。

国王手下的所有人,
想齐心协力渡难关,
帮助国王摆脱困境,
为他寻找出路求生存。

大家你一言来我一语,
大家聚在一块拿主张,
唯一的办法让他出家,
到森林里修行当腊西。

老老实实拜帕腊西为师,
持守五戒八戒弃恶从善,
整天拜佛念经净化灵魂,
这样才能躲过这场灾难。

婆罗门斗胆觐见国王,
向国王表明他们主张,
指出在九个月之内,
霉气临身祸害接二连三。

可是国王固执己见,
把大家的劝告抛一边,
好像没长耳朵的聋子,
好话坏话混为一谈。

他根本听不进婆罗门国师的劝告,
只相信自己是至高无上的国王,
他认为只有武力才能挽回失败,
丢掉权力等于丧失了大好江山。

事到如今帕板还不甘失败,
强词夺理为自己辩护一番,
他说婆罗门的话是胡言乱语,
他从来不会做错事引来祸殃:

"关于野兽飞鸟进王城,
这些都是正常的现象,
祖祖辈辈都有传说,
用不着大惊小怪做文章。

"因为我有至高无上的福气,
连野兽都进城来做我的侍卫官,
天底下谁也打不过我,
我要做人世间的大王。

"我不想听你们胡说八道,
我根本不怕天灾与人祸,
世间的人都要归顺我,
谁都别想把我意愿扭转。

"我帕板任何地方都到过,
连遥远的天庭我也去玩,
我要奉劝我的所有国民,
不必为我担忧自找麻烦。

"至于我的王儿帕农板,
他已经把祖宗彻底背叛,
他是个不懂事的毛小伙,
就算我白养他几十年。

"他是个不孝的儿子,
他已走向敌人一方,
我绝不饶恕他的过错,
我要除掉这个叛逆祸根。

"这个小子不知天高地厚,
把祖宗的脸面全丢光,
这样的儿子不杀不行,
我要大义灭亲昭示乡亲。

"他泄露我的内部情况,
卖国求荣罪恶说不完,
我不会怜悯这个可怜虫,
我要亲自杀死他绝不手软。

"你们别以为我是孤家寡人,
其实我的兵力还有千千万,
我的一个命令就有几阿呵士兵,
明天老子即刻再派人打仗。

"我的兵马不仅数量很多,
而且个个都是精兵强将,
告诉那个拐走乌莎的巴罗,
如果他还要继续打就走着瞧。"

帕板王说完耸耸肩膀,
群臣听后个个冒冷汗,
他们都认为国王已发疯,
吹牛皮像是唱赞歌。

大臣们情绪十分低落,
看不到战争胜利的任何希望,
他们都返回各自家里,
一夜难眠熬到了天亮。

但国王在宫里睡得很甜,
不久他便进入了梦乡,
他梦见那些死去的将领,
急匆匆进宫来向他求见。

国王的梦境朦朦胧胧,
只听死者声音不见人样,
死者在他面前七嘴八舌,
口口声声呼叫国王。

他们求国王亲自上阵,
到前方与敌人作决战,
认为一定能战胜敌人,
说国王是勇敢男子汉。

国王从睡梦中醒过来,
睁开眼却没人在身旁,
他细细回味刚才的梦境,
将领的话还在脑海中回荡。

他觉得他们讲得有道理，
决定亲自上前方打仗，
当太阳刚刚升起的时候，
他下令召见文武百官。

官员们战战兢兢进王宫，
听候国王发号施令去打仗，
他们原先都是留守军队，
国王要他们全部上前方：

"你们带领强大的军队，
要与敌人作最后死战，
要为九泉下的将士报仇，
要收复失去的江山。

"要向死去的将士祈祷，
要向他们的灵魂哀悼，
骑兵们还要祭祀战马，
祭祀死去的战象。

"你们要用白鸡白猪放生，
祭魂完毕后要举办盛宴，
让所有战死的亡灵放心，
让他们在阴间得到平安。

"神汉和婆罗门要遵旨，
要备好各种供品祭奠，
祭品中要有各种酒肉，
还要有蜡条和绢帕。"

祭品摆在王宫广场上，
引来大群乌鸦在上空盘旋，
他们还未及把供品摆放好，
就被冲下来的乌鸦抢食精光。

众多的乌鸦来抢食供品，
权贵们见到后感到不安，
大臣把情况禀报帕板王，
国王听后对大臣极为不满。

"老子不爱听这类消息,
　　这种现象很不吉祥,
　　在庄严的王宫广场,
　　居然出现这种现象。

"老子不是平民百姓,
　　老子是堂堂的大国王,
　　任何事情我都经历过,
　　我是不信邪的英雄汉。"

　　国王破口大骂群臣,
说他们是没用的大笨蛋,
　　他觉得样样不顺心,
　　恨不得把他们全杀光。

　　大臣们站在那里发愣,
任由国王训斥不敢开腔,
他们低着头敢怒不敢言,
　　只有自认倒霉暗自悲伤。

　　国王骂了一阵之后,
　　怒火才慢慢消散,
　　他指着信使官员,
　　交给他一件重要事项:

"你到天庭报告帕雅因,
　　说勐邦果实在太猖狂,
　　他们出动大兵攻打我勐,
　　勐迦湿危在旦夕面临灭亡。

"你再转告勐邦果军队将领,
　　不要得寸进尺太狂妄,
　　如果再不撤退就等着瞧,
　　过三天老子亲自上战场。

"我要杀得他们片甲不留,
　　我要给他们点厉害看看,
　　他们这些混蛋算什么东西,
　　他们充其量只是棵芭蕉茎。

"芭蕉茎只配作猪饲料,
砍倒剁碎拌上米糠,
这种饲料猪很爱吃,
喂出的猪个头很肥壮。

"你要明白地告诉勐邦果军,
三天后就是芭蕉茎下场,
怕死的就快滚出勐迦湿,
不走的就当做猪的食粮。

"本王说话算数说到做到,
三天后我亲自上战场,
不想要命的就留下来,
我要把这批蠢猪全杀光。"

信使不敢违抗国王命令,
穿上飞行鞋腾空进云端,
他飞到九天的天庭里,
把国王狂言禀告帕雅因。

他又飞到外军宿营地,
把帕板的话告诉帕巴罗大王,
转述的话一字不漏,
连同他讲话的神态也说端详:

"国王敦促你们不要拖延,
不要赖皮侵占我们的地盘,
否则你们就回不去,
会被他全部斩尽杀光。"

信使回到勐迦湿王宫,
他精疲力竭极度沮丧,
他到王宫后低头不语,
心情沉闷什么话也没讲。

勐邦果方面的几位将领,
已经明白帕板的心态,
既然他已经死心塌地,
想和平解决已没有希望。

帕巴罗马上禀报王爷，
问王爷我们该怎么办？
王爷要他召集各位将军，
大家在一块好好商量。

大家的意见都非常统一，
对帕板决不能心慈手软，
不能接受他的任何条件，
不获全胜决不撤离战场。

将领个个摩拳擦掌，
他们仿佛见到胜利的曙光，
在王爷和帕巴罗的统领下，
一定能够把帕板彻底打垮。

帕雅们纷纷表态，
向巴罗立下军令状，
他们痛恨帕板王，
说他是个死不悔改的大坏蛋：

"我们都是勇敢的国王，
我们一定能够打胜仗，
如果打不败帕板捧麻典，
决不收兵返回家乡。

"我们既然当了国王，
就要勇敢做出榜样，
言而有信才是君子，
不辱使命才是男子汉。

"我们不远千里来到这里，
不能空手而归白打一场，
更不能认输跑回勐邦果，
这样子我们面子往哪放？

"我们出来已经八个月，
打了八个月不能白白流血流汗，
帕板不投降我们不甘心，
要把这个暴君剁成肉酱。

"如果有谁敢临阵逃跑,
要严惩不许把军心搅乱,
每个军团都要做好准备,
去迎接更大规模的恶战。

"明天帕板捧麻典就要来,
可能倾巢而出决一死战,
我们千万不可轻敌,
要彻底歼灭这个魔王。"

将军们在王爷和巴罗统率下,
个个都咬牙切齿摩拳擦掌,
他们决心打垮帕板捧麻典,
要在这场战斗中立功受奖。

"我们已经打了大胜仗,
他的十六名将领全见了阎王,
现在只剩下小兵小卒,
不会有多大能量。

"帕板捧麻典已很无奈,
但又拉不下面子来投降,
只好亲自上阵作死战,
他的老命无法再延长。

"只可怜勐迦湿的妇女,
没了丈夫实在凄惨,
这只能怪他们的国王太坏,
残暴昏庸不顾百姓性命财产。"

他们聚在一块商量,
详细制订作战方案,
并加固碉堡和战壕,
从各个方面加强防范。

他们还准备弓弩和箭矢,
把战刀磨得锋利锃亮,
他们不敢停下来休息,
个个准备做最后决战。

再说帕板捧麻典,
他虽说狂妄却没有轻敌,
他把大臣们召集在一起,
也在谋划着对付勐邦果。

国王任命乌巴迦拉将官,
作为前线的总指挥,
任命毕扎迭瓦将军为副官,
他希望这两位将官能把败局扭转。

除此帕板还任命了几位助手,
他们是梭拉罗和巴拉丢瓦,
术腊哟塔和巴拉哟塔这四位将官,
组成一个前方指挥部。

他赋予这些人特殊的权力,
前方作战可替国王下达指令,
不论遇到什么情况,
他们可自行处理不用请示。

"你们要做好各种准备,
对付帕巴罗这个彪汉,
你们要组织一个敢死队,
不惜代价将他缠住。

"你们千万不要仓促上阵,
要召开誓师大会助威呐喊,
出发前敲锣打鼓警告对方,
公开向他们来宣战。"

总指挥官听罢国王的话,
马上开始调兵遣将,
大部队已经集中待命,
乌巴迦拉把情况报告国王。

巴罗已掌握情报,
他对敌方动向了如指掌,
他找来农板王子,
进一步了解对方情况。

帕巴罗请王爷一块倾听,
交谈前王爷先安慰农板,
因为打起仗是你死我活,
担心农板到时情绪动荡:

"亲爱的帕农板王子啊,
我必须把心里话向你讲,
打起仗来不是在开玩笑,
可能你父王会死在战场。

"如若你父王战死的话,
你也不必太过于悲伤,
我们已做到仁至义尽,
他不听劝告自取灭亡。

"到时爷爷自有打算,
我要推举你做新国王,
让你回去治理勐迦湿,
重新建设美好家园。

"你父王的为人你很清楚,
他如果战死也理所当然,
应该说这是他自食其果,
一意孤行都是没好下场。

"他实在太不明智,
不行仁义走极端,
他这次行动太盲目,
这就注定他的灭亡。"

帕农板憎恨自己的父王,
他也相信勐邦果兵力强大,
但对于父亲有多大能耐,
恐怕老王爷还不够了解。

虽然勐邦果已稳操胜券,
但千万不可有轻敌思想,
有必要提醒王爷和巴罗,
便把父亲绝招对他们讲:

"我的父亲可不一般,
他是个杀不死的十头王,
他的法术超过正常人,
爷爷和巴罗不可小看他。

"你砍他一刀他会变成两个人,
砍他两刀他便变成四个人,
他是个难以制服的怪人,
砍得越多只会增加数量。

"对他射箭也是一样,
不管射什么地方都不会受伤,
他同样会变出很多人来,
变出的人会加入战斗。

"可以说他是个常胜将军,
至今还没有人比他强,
我见过所有同他打仗的人,
最终都向他投降。

"他为什么生活那么放纵,
不受任何约束直来直往,
就因为他有那套绝技,
因而狂妄至极高高在上。

"我要提醒爷爷和巴罗,
对我父亲要小心提防,
要提前准备先发制人,
对战争难度要充分估量。"

帕农板的提示非常重要,
巴罗反省了轻敌的思想,
如果对帕板用常规打法,
勐邦果最后恐怕吃败仗。

巴罗心情十分沉重,
意识到这是场硬仗,
他要提高百倍警惕,
他在心里琢磨方案。

帕那罗延那的法术高超,
他已看出外孙巴罗的心思,
他认为帕农板讲得有道理,
要攻其不备才能取胜。

他同王爷和巴罗谈了想法,
主动提出由他先施行法术,
他口中念念有词向苍天祈祷,
顿时乌云滚滚遮住了太阳。

乌云随即变成滂沱大雨,
雨点坚硬能把房子打穿,
大雨全都集中在王城上空,
向着勐迦湿王城倾泻而降。

帕那罗延那又变出一只死螃蟹,
那只死螃蟹巨大无比八脚朝天,
端端正正地躺在勐迦湿城门旁,
散发出浓烈的冲天臭气。

同时坚硬雨点也发出臭味,
霎时间整座王城臭气熏天,
这臭气比大粪还难闻,
足以使人畜呼吸困难。

臭雨降落之后,
全城一片混乱,
人们无法再待下去,
毫无目的东躲西窜。

一时间城里的人呕吐不止,
咳嗽声此起彼伏,
整个王城哀号声惊天动地,
所有人泪水和鼻涕流满脸。

男女老少抱头鼠窜,
吵吵闹闹沸沸扬扬,
走起路来东倒西歪,
人人觉得头晕恶心。

住在王宫里的帕板国王,
也被臭气熏得坐立不安,
他已意识到情况很不妙,
便决定提前发动进攻战。

他一声令下准备出兵,
官员权贵只好跟他上,
国王的命令谁敢不从,
大臣们捂着鼻子不敢开腔。

帕板捧麻典已经骑上长鼻大象,
那威风劲头已失去了一半,
臭气呛得帕板连打喷嚏,
他硬撑着装出没事模样。

他对手下说不要害怕,
打喷嚏和咳嗽算个啥,
男子汉大丈夫顶天立地,
一点臭气只当小事一桩。

他尽量向手下人打气,
但自己也没完没了呕吐,
他呕吐过后又接连打喷嚏,
那狼狈的样子实在很难堪。

激烈的喷嚏把他掀倒,
他从象背上滚到地上,
他爬起来后拍掉尘土,
却埋怨道路崎岖不平坦。

他不承认臭气很厉害,
却借题发挥大做文章,
他说在哪跌跤在哪站起,
重新爬起来就是条好汉。

干什么事情都会有困难,
顺顺利利的好事不用想,
如果见到困难就低头,
这样不算一个男子汉。

不少臣官实在支持不住,
跪下求情要他推迟出兵,
大臣的态度很诚恳,
认为硬撑着去必然打败仗:

"请求大王听我们进言,
再过几天出战也不晚,
等病好了才会有力气,
精力充沛才能打胜仗。"

大臣的请求他充耳不闻,
好像他没长耳朵一样,
他继续吆喝大家准备,
国王的状态很不正常。

这时两位王后也赶来,
后面还跟着宫女六万,
她们跪下来向他求情,
劝说国王暂时别去打仗。

两位王后边说还边撒娇,
说大王走后她们睡不着觉,
宫里冷冷清清她们害怕,
担心有人来调戏对付不了。

帕板捧麻典服软不服硬,
两位王后的话令他不安,
但江山易改本性难移,
他的脾气令众人失望。

"我的两位温柔的爱妻啊,
我宝贝的小心肝,
你们放心地住在王宫里,
没有人敢爬上我的金床。

"本王此去上前方,
一定能够打胜仗,
世上没人能战胜我,
能战胜我的人在天上。

"他是天上的帕雅因神王,
他是万神之王谁也比不上,
他是老大本王就是老二,
连龙王和金翅鸟王也靠边站。

"谁敢在我面前称王称霸,
那是白日做梦痴心妄想,
如今我要亲自披挂上阵,
要把敌人杀得哭爹喊娘。"

大臣的劝说他听不进,
王后的撒娇也白搭一场,
谁都无法改变他的主意,
他一意孤行我行我素。

帕板王已经全身披挂,
带领大部队来到广场,
他向西拉神像三鞠躬,
命令司号员鸣礼炮八响。

出师前一切仪式举行完毕,
大部队浩浩荡荡开赴前线,
此行共有十二阿呵兵力,
已经是勐迦湿全部力量。

小头目骑着战马,
国王和大臣们骑战象,
旗幡在前面引路,
战鼓擂得咚咚响。

臭气依然没有散去,
乌云密布全城黑暗,
宽广的王城看不到人影,
人们拿着火炬把路照亮。

所有的人用布捂着鼻子,
只听到打喷嚏声音不断,
军队在艰难地向前行进,
走路东倒西歪跌跌撞撞。

军队终于来到战场,
分成十二部分准备打仗,
士兵们还不断喘着粗气,
战鼓却擂得震天响。

战场上吵嚷声惊天动地,
惊动了天庭帕雅因神王,
天神觉得很奇怪,
急忙探头朝下望。

这才发现人间还在打仗,
双方的军队气氛很紧张,
战鼓助威响个不停,
天神直摇头愁眉不展。

帕巴罗看到敌军来到,
短兵相接沉着应战,
他成竹在胸庄严喊话,
鼓舞士气震慑敌方:

"我们有一百二十八阿呵兵力,
除此还有强大的预备军队,
你们次次都打败仗,
有什么资格来叫嚷。

"你们也不撒泡尿照自己,
看自己究竟是什么模样,
你们已被打得落花流水,
活着的逃回城里找爹娘。

"我只是可怜你们的百姓,
才没把你们的城池砸烂,
其实要打进去很容易,
滥杀无辜不是我们的主张。

"其实人心都是肉长,
无辜的百姓很凄惨,
这战争已打了九个月,
受苦的百姓早已厌倦。

"你帕板亲自上阵也没有用,
你一个人究竟有多大力量?
别忘了我与你已经较量过,
你有多大的能量我已领教。

"我劝你还是要好生掂量,
要有自知之明不要再死扛,
你不想想你还有多少兵力,
你十六个名将已全部死光。

"你又把剩下的兵送了上来,
让他们来试试刀箭的厉害,
我要把你们杀个片甲不留,
连收尸的人也得向我们借用。"

帕巴罗向敌军大声喊话,
他的士兵举箭射击,
射箭的声音隆隆巨响,
飞出的箭如雷鸣电闪。

那箭飞过茫茫森林,
林海如遭遇暴风雨一样,
那箭飞临高耸大山,
山峰被震得摇摇晃晃。

那威力之大令人咋舌,
好像帕雅因神王下凡,
那威力之大惊天动地,
仿佛要把大地劈成两半。

帕板听到对方的响声,
仍满不在乎不以为然,
他轻轻挥动手中宝刀,
寒光闪闪把天空照亮。

帕巴罗见到这一举动,
看不惯帕板如此傲慢,
他想教训帕板捧麻典,
就举起神弓射出一箭。

帕板捧麻典动作敏捷,
把头一歪没有受伤,
他紧接着进行反击,
两位首领开始较量。

帕巴罗口念咒语,
那飞箭一下子不知去向,
紧接着眼前出现美丽鲜花,
弄得在场的人眼花缭乱。

帕丙比桑接着也拉弓放箭,
箭头直指嘎西嘎拉大将,
嘎西嘎拉还算是有两下子,
迅速挡开了飞箭安然无恙。

箭飞到对方象群中间,
立即爆炸把大象炸成肉片,
这一箭在敌方引起骚动,
很多人见到心惊胆战。

官对官作战功夫高超,
象对象作战脚步混乱,
人打仗先用弓箭对射,
象打仗只用牙齿较量。

较小的将官骑马作战,
他们骑着战马挥刀对砍,
功夫好的就能够取胜,
力气小的很快就阵亡。

打仗不仅要比力气,
还要比临场的应变,
眼睛灵敏行动快速,
就能避免无谓的伤亡。

战场上还要比胆量,
怕死的人就别上战场,
看到那些刀光剑影就发抖,
战斗未打响手脚先发软。

如果是真正的男子汉,
要冲锋陷阵不怕死伤,
这样的人才是真英雄,
这样的将士才有长寿命。

士兵只是跟在长官后面,
他们没有刀箭只有棍棒,
他们靠棍棒同对方打斗,
打得鼻青眼肿手断脚残。

用棍棒打仗不精彩,
场面比不上国王对国王,
将军对打也非常激烈,
打了几回合仍旗鼓相当。

战斗打响后很有规律,
兵对兵将对将国王对国王,
有的使用弓弩和大刀,
有的使用宝剑和镖枪。

有的手握闪光弹掷过去,
被照着的人变成瞎子,
有的使用刀剑冲锋拼杀,
被砍死的将士堆积如山。

功夫好的拼杀时间长,
分不出输赢互不相让,
有的首领战败被杀死,
手下士兵便纷纷逃窜。

战斗从天亮打到了天黑,
天黑后便撤回各自碉堡,
第二天天一亮又发动冲锋,
于是战斗又再次打响。

勐邦果方面分工明细,
他们都瞄准各自对象,
对那些武艺高强的将领,
就安排三人对一员大将。

帕亨达和丙比桑父子俩，
都是武艺高强的国王，
巴罗也是能干的小伙子，
爷孙仨专门对付帕板王。

帕昆代和纳林答大将，
两人的武艺都非同一般，
加上布塔将军三人，
专门对付嘎西嘎拉虎将。

坦麻和帕罗还有念达辛，
他们三人合成一股力量，
专门对付摩诃巴列将军，
三面夹攻以强胜弱。

还有桑卡和昆宰约，
再加上西里万将军三人，
负责消灭乌巴迦拉大将，
并将其部下士兵消灭光。

阿皮伦和加拉韦扎，
还有萨哈嘎帝三位大将，
三人联手互相合作，
要消灭嘎腊哈嫡万大将。

昆维他和皮瓦沙也有任务，
他们同哈帝雅对付毕扎迭瓦大将，
帕雅罗麻和阿滚腊，
联同帕雅索拉对付昆罗大将。

这些将领来自一百零一国，
他们都是大名鼎鼎的武将，
为确保这场战争最后胜利，
以三倍的力量来打帕板王。

当激烈战争打响的时候，
他们各就各位不会混乱，
帕雅阿滚腊等三人直扑昆罗，
昆罗招架不住转身逃窜。

三个人打一个人，
　　昆罗不战已心寒，
　　只打了几个回合，
昆罗的头颅便被砍掉。

　　士兵们见到头目已死，
纷纷逃命投靠其他将官，
　　勐邦果军跟踪追击，
跑不掉的人只好举手投降。

　　昆约看到昆罗已死，
他手下的兵乱成一团，
昆约想制止他们逃跑，
文里将军已举刀向他砍去。

　　他只好急忙应战，
拼杀一阵摆脱了危难，
帕雅苏举弩向他射击，
一箭击中昆约的后脑。

　　昆约从象背滚了下来，
跟昆罗一起去见阎王，
勐迦湿已损两员大将，
刚开战就损兵折将。

　　帕雅多马和昂滚腊，
骑着战象追杀逃兵，
途中遇上昆塔来雅，
二对一厮打对砍。

　　帕雅多马掷出闪光炸弹，
击伤昆塔来雅一条臂膀，
昂滚腊立即补上一箭，
把昆塔来雅射成两段。

　　昆塔来雅从象背滚下，
丢了老命告别了婆娘，
勐迦湿军队大惊失色，
自家又痛失一员大将。

1299

第五十七章

死了三个将军之后,
勐迦湿军队开始混乱,
勐邦果军队愈战愈勇,
一鼓作气追歼逃兵。

帕板捧麻典看在眼里,
心情沉重又气又心烦,
为了尽快挽救败局,
他急忙把法术施展。

他的法术名叫西腊念,
变成一阵风把敌人吹散,
这样一来逃兵得救,
保护了部分残兵败将。

帕板同时举起弓弩射击,
勐邦果大批士兵死伤,
帕板一箭就能射死五名将领,
士兵则倒下了一大片。

勐邦果第一次受到重大损失,
巴罗对此气愤难当,
帕那罗延那立即用仙水施救,
死去的将士全部复活。

第五十八章
帕农板泄露天机
十头王命赴黄泉

这时勐迦湿的昆枫,
　他是一个邮差官,
他看到敌军死而复活,
　气得牙齿咬得咯咯响。

　他想杀死帕巴罗,
除掉敌人核心力量,
　他经过细致分析,
决定了行动方案。

昆枫穿上神奇的仙鞋,
　跃身飞上高高的天空,
他想居高临下突袭巴罗,
　尽早结果他的性命。

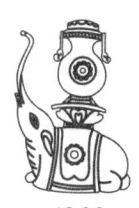

没想阴谋被巴罗识破,
　帕巴罗也腾空飞翔,
他拦截昆枫射来的飞箭,
　一刀将飞箭砍成两段。

两人在高空上对打,
　宝刀相击冒出火光,
一来一往互不相让,
　像金燕追赶乌鸦一般。

巴罗像金色的小燕子,
　动作敏捷形态自然,
昆枫如同一只黑乌鸦,
　动作笨拙样子难看。

帕巴罗像天上神灵,
他福星高照洪福齐天,
他是个常胜将军,
昆枫不知底细竟敢挑战。

两人才打一会儿,
昆枫就眼睛失灵动作混乱,
帕巴罗看时机已到,
一刀把昆枫拦腰砍断。

可怜这个邮差官,
平时独来独往,
他自认为很有一套,
却不知巴罗本领更高强。

嫡窝也是一位虎将,
在勐迦湿有点名望,
他同文里将军对打,
两人打了好一阵不分上下。

索来亚加入战斗,
为文里将军增加一份力量,
嫡窝一对二打得激烈,
胜负难分刀锋不卷。

刀剑碰撞的声音像打铁,
碰出的火花四处乱溅,
看来嫡窝还有两下子,
左右开弓未露半点破绽。

帕雅西典达见此状况,
急忙赶过来帮忙,
他拉开神弩箭射过去,
将嫡窝的肋部射穿。

嫡窝来不及防备,
从象背滚落地上,
文里冲过去补上一刀,
将嫡窝最后一口气砍断。

勐迦湿大将一个个阵亡，
帕板捧麻典见后非常辛酸，
眼看败局已无可挽回，
他急忙使用法术帮忙。

只见他张开血盆大口，
熊熊火龙直冲向敌方，
火焰在勐邦果军中燃烧，
燎原之势不可阻挡。

这火龙实在厉害，
连石头碉堡也能燃烧，
困在碉堡里的勐邦果军队，
无法出来参战。

龙王观看战况，
看不惯帕板的猖狂，
见到勐邦果军被困，
冲出水面跑来救援。

龙王骑着老鹰飞上天空，
将大水洒向人间，
金色的雨水直洒向火焰，
火焰由大变小很快熄灭。

可怜文里将军也被大火烧死，
肥胖的身躯被烧成木炭，
他从象背上滚了下来，
身上的油不停往外淌。

昂滚腊见后飞奔过去，
将文里抱起来撤回后方，
帕那罗延那立即过来抢救，
用仙水洒在文里的头顶上。

文里将军立即复活，
还医好身上的烧伤，
文里身上的油脂被烧掉，
他的身体比原来更强壮。

帕那罗延那又救治其他伤兵，
被烧伤的将士全部恢复了健康，
帕板捧麻典这场大火等于白烧，
勐邦果军未受损失士气更高涨。

双方又继续大战，
他们都表现非常勇敢，
一次次发动冲锋，
任何一方都不退让。

双方都有重大损失，
各有四百万人员死伤，
让帕板捧麻典伤脑筋的是，
勐邦果死的是士兵没有大将。

勐邦果死伤的大将，
全被仙水救治死而复生，
而勐迦湿死去的将领，
没有复活的机会。

帕板又想出新的花招，
他想请天上神灵帮助，
他叫来婆罗门祭神灵，
想请他们惩治帕巴罗。

婆罗门准备祭神供品，
有床垫被子和帕绢，
供品准备了四份，
四方神灵都一样。

他还杀掉白牛白猪，
红白相克留着会作乱，
供品准备非常周全，
吃的用的一样不少。

随后叫来四位绝代美女，
是勐迦湿最漂亮的姑娘，
他们让美女坐在供桌边，
祈盼一切顺心实现美好愿望。

婆罗门开始祈祷神灵,
首先祈求神灵保平安,
其次祈求神灵保佑胜利,
将帕巴罗灵魂收回天堂。

他祈求神灵惩治帕巴罗,
让其灵魂离开身体不能打仗,
再让他失去智慧变成傻子,
最后结束他的生命和能量。

帕板捧麻典这一招非常歹毒,
帕那罗延那发现他的坏心肠,
帕那罗延那想制止他这一招,
摇身一变成为一只金翅鸟王。

这只金翅鸟王大得像座高山,
飞上天空拍打翅翼,
刮起狂风卷走四位美女,
把她们送回城池关在房里。

他使用法术让供品飞散,
连同锅碗瓢盆一个也不剩,
供神活动无法如愿进行,
婆罗门目瞪口呆只好收摊。

狂风没有卷走帕板,
他坐在原地不动弹,
他呆坐在那里发愣,
凶吉未卜不知怎么办。

帕亨达王爷头脑清醒,
同帕那罗延那配合默契,
他要再一次提醒帕板捧麻典,
要他及早收敛回头是岸:

"帕板捧麻典啊,
你不要再痴心妄想,
你是斗不过我们的,
再拖下去你会输得更惨。

"这次大战你是输定了,
你的将领已全部死亡,
你要赶快做一根木棍,
上边刻上投诚的字样。

"你把木棍交给我们,
我们可以不究你的以往,
如果你不照办的话,
你们很快就会全死光。"

帕板捧麻典听到喊话,
对帕亨达的话不以为然,
他无论如何拉不下面子,
事到如今嘴巴仍硬如铁板:

"老子是天下第一男子汉,
从没有向任何人投降,
如果要我向你屈服,
除非河水倒流树木倒长。

"老子在勐迦湿最勇敢,
世上再找不到像我这样英雄汉,
我从来不怕头断血流,
难道还怕你们这些王八蛋。

"你们全是一帮下贱的人,
我怎能与你们同一裤裆?
我劝你及早死掉这条心,
不必浪费口舌瞎嚷嚷。"

帕昆代王子听到后,
心中怒火熊熊燃烧,
他气愤得拉开弓箭,
对着帕板劈头就放。

帕板捧麻典不当回事,
他镇定自若不慌不忙,
他用宝刀轻轻一打,
飞箭就被打到身旁。

武艺高强的人打仗，
高深莫测手法不断变换，
　他们不一定靠力气，
用智慧和法术进行较量。

　帕板打掉飞箭之后，
　接着玩出了新花样，
　他拉开神弓射出一箭，
　变出一万头大老虎。

　　虎群扑向对方，
　　士兵们纷纷逃命，
　　虎群紧追不放，
　　整个军队一片混乱。

　　巴罗见到这一状况，
　岂能容许老虎逞凶狂，
　他迅速射出一支神箭，
　　变出十万头大象。

　　象群扑向虎群，
　　虎象展开了大战，
　十头象对一头老虎，
老虎寡不敌众被大象全部踩死。

　帕板捧麻典又射出神箭，
变出无数蛟龙腾空滚翻，
　　蛟龙扑向象群，
　　企图咬死大象。

　　帕亨达见到之后，
　　他也射出宝箭，
　宝箭变成万根铁绳，
　把蛟龙捆绑连成一串。

　　蛟龙无法再逞威，
被大象牙戳得遍体鳞伤，
　　大象又用脚踩踏，
蛟龙被踩得哇哇叫喊。

帕板立刻射出神箭，
神箭变成熊熊火焰，
火焰烧向铁绳，
企图将铁绳烧断。

帕巴罗懂得这种法术，
又射一箭变成海水，
海水滔滔，
扑灭帕板捧麻典的火焰。

帕板捧麻典接着射出蛇箭，
变出无数毒蛇，
毒蛇呱唧呱唧地冲将过来，
喷出毒气使人晕头转向。

帕亨达见后射出鹰箭，
无数的老鹰展翅飞翔，
老鹰对准毒蛇扑去，
将数万条毒蛇全叼光。

双方互相变法术，
进行神力的较量，
法术变了一次又一次，
互相攻击各有死伤。

帕板捧麻典又射出许多长矛箭，
这些箭全变成锋利的长矛，
长矛追赶着士兵刺杀，
士兵们不敢冲向前方。

巴罗见后射出飓风箭，
变出飓风卷走长矛，
帕板捧麻典又射出神箭，
破坏对方的神力使长矛复原。

帕亨达和巴罗爷孙俩，
还有一种神箭杀伤力很强，
再硬的物体也可以射穿，
被射中的人必定手断腿残。

他们用这种箭射向帕板,
帕板两条手臂随即折断,
但这一招对他不仅无害,
反而帮了他一个大忙。

帕板的两条手臂变成四条,
四条手臂都能打仗,
四只手握四把快刀,
更加疯狂地砍杀对方。

他的四只手都能射箭,
射出的箭比原来更有力量,
他瞄准丙比桑王射去,
幸亏丙比桑王手疾眼快用刀抵挡。

帕昆代和纳林答两将军,
也在进行着激战,
他俩用神箭射敌人,
但都被对方阻挡。

帕亨达对付帕板捧麻典,
一箭把他的头射落地上,
帕板捧麻典一时成为无头人,
但很快变出两个帕板王。

头颅也霎时变成两个,
正好与四只手搭配上,
一个帕板变成两个帕板,
随即增加成倍的力量。

在场的人以为他已完蛋,
可是定睛一看却不然,
两个帕板捧麻典互相配合,
打起仗来更加毒辣疯狂。

帕板捧麻典更加得意,
他是个死不掉的坏蛋,
人们再也不敢伤害他,
以免杀他不死反而帮倒忙。

帕板更加肆无忌惮，
无人敢同他较量，
他挥动宝刀杀人如麻，
无辜的生灵惨遭涂炭。

此时帕亨达心急如焚，
岂能让帕板捧麻典如此逞凶狂？
他想一定要制服帕板捧麻典，
于是大声喊话先制止他作乱：

"帕板捧麻典啊，
警告你别再如此傲慢，
我们因为可怜百姓性命，
才没有与你作殊死血战。

"其实输赢只是小事一桩，
你以为全是你手下败将，
你不看我们有多少兵马，
难道还打不过你这流氓？

"我劝你快快丢掉幻想，
放下刀枪举手投降，
如果你再执迷不悟，
到时候恐怕后悔已晚。

"纵然你帕板特别能干，
毕竟只有一个人力量，
我可以用二十八人对付你，
这二十八人全都是强将。

"他们都很能干，
个个身经百战，
你不要高估自己，
你要知道集体的力量。

"你们的所有将领，
已死去二十三位大将，
何况死的全是大将军，
剩下的武艺都很一般。

"为了两勐人民的友谊,
希望你能从长远着想,
和睦相处不结仇怨,
为子孙留下点好印象。

"人与人之间不可能没矛盾,
解决分歧不一定要靠打仗,
打起仗来就会死人,
一人死了全家遭殃。

"希望你能听我的劝告,
快放下屠刀弃恶从善,
做好事人们不会忘记你,
做坏事死后要进油汤锅。"

听完帕亨达王爷喊话,
帕板误认为帕亨达心慌,
心中害怕还在说大话,
不认输还劝别人投降。

"从脚底下到头上的天庭,
谁不认识我帕板捧麻典王?
我从来不认识投降二字,
用不着你这老倌瞎嚷嚷。

"老子绝对不向你们投降,
老子是天下的大王,
老子祖祖辈辈都是福人,
老子要把你们全部杀光。

"现在你领教我的本事,
害怕没命回去见爹娘,
反过来还在假慈悲,
真要害怕你们就快投降。

"老子现在增加两只眼睛,
可以同时看见四个方向,
老子现在增加两条手臂,
可以打败你们全部兵将。

"像老子这样的男人,
是世上真正英雄汉,
你们谁见过第二人,
给你们开眼界算是行善。"

帕板捧麻典说完之后,
开怀大笑前仰后合,
他随后又拉弓射箭,
飞箭变成无数快刀。

此时帕巴罗飞回来,
看到帕板在夸夸其谈,
帕巴罗迅速拉弓射箭,
用石头箭把快刀箭砸断。

他这一箭由小石头变大石块,
大石块又变成一座石头山,
石山挡住帕板捧麻典的快刀箭,
帕板捧麻典的法术无从施展。

帕板捧麻典当然不会认输,
尽管他无法跨越石山屏障,
他有四只手握住两把刀,
他要攻打勐邦果的本土。

他手握尼罗神箭,
他要摧毁勐邦果联邦,
帕板跃身飞上高空,
向勐邦果的方向飞翔。

他飞上高空哈哈大笑,
摆出不可一世的模样,
他边飞边大声叫喊:
"我要你们勐邦果灭亡!"

帕那罗延那见帕板如此得意,
气得咬牙切齿双眼冒出火光,
帕那罗延那立即施展法术,
随即变出一块巨大红铜厚板。

铜板遮挡住勐邦果境内,
挡住任何力量的攻击,
无论帕板用什么神箭射击,
都无法把厚铜板射穿。

厚厚的铜板无比坚硬,
箭头射在上面像鸡蛋碰石头,
全被碰得粉碎,
帕板被弄得一筹莫展。

帕巴罗跃上高空飞过去,
追击帕板到勐邦果边境,
他见到帕板正在发淫威,
拉开神弓向他猛烈射箭。

神箭击碎帕板捧麻典脑袋,
脑袋爆开后变成四个头颅,
四个头颅一样大小,
每个头颅都五官俱全。

帕板捧麻典不仅没被打死,
还变得比原来更加疯狂,
四个头又长出身体手脚,
帕板挥动宝刀边杀边嚷:

"你们这帮蠢货,
什么时候才会开窍,
我永远也不会死,
现在你们该领教。"

帕板边喊边往回飞,
又飞回到大部队营地,
此时他显得更得意,
自认为天下无敌。

勐邦果军队随后赶到,
王爷想弄清其中奥妙,
他叫来帕农板王子,
问他有无制胜绝招:

"帕农板孙子啊,
你应该知道父亲底细,
要怎样才能破他的再生术,
真正置他于死地?

"只有你的父亲死了以后,
这场残酷的战争才能结束,
你才能当上勐迦湿国王,
不再受你父亲欺侮。"

帕农板觉得爷爷的话有道理,
他也想处死父亲迎合民意,
怎奈他也没有那个本事,
他紧锁眉头心里干着急:

"我的父亲有极高的本领,
他的再生法术谁也没有破解秘方,
他是个生生不死的大恶魔,
要处死他实在非常难。

"千万把宝刀砍不死他,
千万张神弓也使不上力,
只有一个办法可以试一试,
用他贴身的两把刀去杀他。

"那两把刀名叫腊猪宰,
跟随他出生永不分离,
他任何时候都会随身带,
这可能是唯一有效武器。"

帕亨达听后有所醒悟,
入夜后便指使占卜师做准备,
占卜师领会了意思,
很快把东西备齐。

他们准备了四个祭台,
准备四份供品祭天地,
杀了四头白猪白水牛,
摆放在桌子上当酒席。

此外摘来七份棕树果,
再加七十万枚贝币,
用于供奉四方神像,
与白猪白牛合在一起。

他们还准备七节芭蕉茎,
芭蕉茎全部剥掉皮,
还有七面旗幡插在桌上,
旗幡迎风招展。

接下来占卜师口念咒语,
变出七位迷人的美女,
这七个姑娘会勾人灵魂,
任何男人见了都会入迷。

姑娘坐在各自的位置上,
守着供品听候主人旨意,
接下来由婆罗门叫魂,
这一举一动仿佛在演戏。

就在这更深人静之际,
睡梦中的帕板灵魂与身体分离,
他的灵魂游到供桌旁,
见到七个妖娆的美女。

占卜师急忙摇铃叫魂,
那灵魂对姑娘越来越入迷,
他边搂美女边吃供品,
竟然把什么事情全忘记。

占卜师边叫魂边滴水,
四方神灵集中过来显神力,
帕板捧麻典的灵魂越陷越深,
他的真身也飘过来合二为一。

这时的帕板捧麻典如同饿狼,
淫欲发作搂紧七位大美女,
他一个接一个同美女做爱,
最后精疲力竭气喘吁吁。

虽然帕板捧麻典处于这种境地,
但八只手上的宝剑紧握不放,
寒光闪闪杀气腾腾,
那凶恶的样子令人见了心寒。

帕亨达沉着应对不慌张,
随即下令儿孙三人和纳林答,
让他们同时发射神箭,
对准十头王帕板捧麻典射去。

顿时天空变得更加阴沉和昏暗,
使帕板阵营的人都辨不清方向,
此时帕那罗延那也配合行动,
让天空变得如山洞一般黑暗。

此时巴罗和昆代两兄弟施障眼法,
悄无声息走进敌人阵营寻找十头王,
他们看到十头王正坐在宝座上,
正自言自语说为何变得这样黑暗。

巴罗就走到十头王卧榻旁,
拿走了十头王的两把宝刀,
他把一把宝刀拿给弟弟昆代,
兄弟俩随即离开十头王卧榻。

神刀先砍芭蕉茎心,
把芭蕉茎砍成三四节丢弃,
接着又砍死七个美女,
这七个美女带着帕板的精气。

姑娘一死帕板精气也尽,
他的灵魂也随之离开肉体,
失去灵魂的帕板捧麻典,
如行尸走肉失去了记忆。

占卜师紧接着念咒语,
咒语一句接一句没停息,
咒语句句都很灵验,
每句咒语都产生效力。

"嗡帕瓦哈,
嗡帕瓦哈,
沙瓦提来,
沙瓦提来。

"只要我有这个神力,
就心想事成不会失败,
只要得到神的帮助啊,
帕板就死后活不过来。"

占卜师祷告完毕,
拜见王爷禀告,
说七个美女已死,
帕板捧麻典已经魂不附体。

帕亨达王爷召集将领,
下达总决战的动员令,
所有军队跳出堡垒,
组成人墙密不透风。

面对穷凶极恶的帕板,
将士们依然心有余悸,
为了替大家壮胆助威,
将领们带头发誓鼓舞士气。

这时帕亨达王爷大声宣告,
今天要让帕板人头落地,
帕板捧麻典的气数已尽,
昨晚死去灵魂今晚死去身躯。

此时帕板捧麻典如梦初醒,
失去灵魂的他并不服气,
听了帕亨达的话,
帕板还非常得意:

"难道你们不认识我,
竟敢在我面前乱放屁,
我早就告诉过你们,
干吗你们会全忘记?

"我就是躺着你们也杀不死我,
用不着我亲自动手费力气,
更何况我手上有好多神箭,
难道你们不知它的厉害?

"我明明白白告诉你们,
这神箭有无比的威力,
它可以打碎你们的头颅,
还可以撕烂你们的皮肉。

"有一支箭叫奔塔来雅,
射一箭会烧通天地,
人世间霎时全灭绝,
你们死后见不到尸体。

"另一支箭叫奔迈卡轮,
它又是另一种威力,
会变出千万把快刀,
像雨点一样铺天盖地。

"下雨你们总该懂得,
刀雨恐怕未曾经历,
兵马再多也不抵事,
谁也别想能活下去。

"还有一支箭叫奔艾孙,
它同另一支箭奔光胡是两兄弟,
这两支箭发射出去啊,
天塌地陷所有生灵断气。

"再有一支箭叫奔彪费,
能射破天空扫荡云雨,
能够摧毁美好的天堂,
你们死后就乖乖进地狱。

"当这支箭飞回到大地,
会把你们的灵魂分离,
如果一个人失去灵魂,
猪狗不如没有智力。

"还有一支箭叫轮瓦约,
　　它的神力更让人恐惧,
　　如果射向你们的军队,
　　顿时龙卷风平地而起。

　　"龙卷风扫荡所有物体,
　　把兵马卷上天空抛到海里,
　　任何人想躲也躲不了,
　　只能眼巴巴坐以待毙。

　　"还有一支箭更不可思议,
　　　这支箭能创奇迹,
　　它不是用来摧毁敌人,
　　它专门消除流感和病疫。

　　"你们死后会产生臭气,
　　说不定还会造成瘟疫,
　　这箭能消除臭气除灾害,
　　老子就可以生活得无忧无虑。

　　"现在你们已经全知道了,
　　敢不敢再同我打自己拿主意,
　　　我是一个英雄好汉,
　　当今世上老子算第一。"

　　帕亨达听帕板捧麻典嚎叫,
　　故意让他耗尽残存的气力,
　　帕板捧麻典本来还想再讲,
　　帕亨达不耐烦再听他吹牛皮。

　·帕亨达发射那腊亚神箭,
　射中了帕板捧麻典的四个头,
　　那四个头被射断滚落下去,
　　却又重新长出十个头来。

这时帕板捧麻典大声喊叫道:
　　　"勐邦果的大笨蛋啊,
　莫非你们还不知道我是十头王,
　　想要砍掉它们不那么容易。"

帕板伸手去拿宝剑，
可是此时身边空荡荡，
他又伸手去拿神箭，
神箭也不知道去向。

这时天空更加昏暗，
乌云滚滚压向大地，
里里外外全失去光芒，
肉眼看不清任何物体。

此时水下龙王腾空而上，
在空中洒落催泪雨，
雨水滴落在勐迦湿军方堡垒，
十头王和士兵全昏睡过去。

巴罗和昆代兄弟俩，
立即变幻出神狮，
这神狮直捣帕板捧麻典营地，
此时帕板捧麻典还昏睡不醒。

巴罗手握帕板宝刀冲进去，
帕昆代也紧跟哥哥身旁，
巴罗砍下帕板捧麻典头颅，
帕昆代将帕板王拦腰砍断。

刚砍掉的头颅又自动接合，
砍成两截的腰身又恢复原样，
不过被砍断的躯体只是接上，
并不像以往那样长出十个头。

巴罗手起刀落再次将头颅砍断，
此时的帕板捧麻典才真正断气，
帕板两只眼睛从此失去亮光，
巴罗抱起头颅飞到天庭交给神王。

帕雅因令龙王拿到海里，
把它放到海洋最深处，
浸泡在水里不许复生，
让它永世见不到阳光。

巴罗兄弟俩拿走帕板的神物,
大摇大摆走出哨所营房,
帕巴罗把神物献给爷爷,
帕亨达立即叫来帕农板:

"孩子啊你听着,
爷爷说过的话要兑现,
你的父亲现在已死去,
遗产和王位由你继承。"

帕农板听后很激动,
他的心里也很矛盾,
父亲已经离开人世,
他确实伤心悲痛。

但想到父亲的专横,
想到他犯下的罪过,
他又恨得咬牙切齿,
认为处死他不为过。

为了老百姓的利益,
为了国家的长治久安,
他必须负起这一重任,
继任新的勐迦湿国王。

他感谢父亲养育之恩,
他痛恨父亲残忍傲慢,
他为父亲默默祈祷,
决心把国家建设富强。

帕亨达看出帕农板的心情,
认为他深明大义聪明善良,
这种品德的人是个好苗子,
相信他一定能成为英明国王。

"爷爷的好孙子啊,
你千万别过分悲伤,
他听不进良言劝告,
这是他应得的下场。

"你父亲严重违反规矩,
不遵行傣家人的章法,
连自己的亲骨肉也残杀,
你不得已才逃离他魔掌。

"如果你父亲没有死,
你也不敢返回家乡,
为什么有家不能归,
都因你父亲的狠心肠。

"所以我劝你不要太悲伤,
没有良心的人不值得可怜,
你一定要振作起精神,
做一个堂堂正正的男子汉。"

这时帕农板有些醒悟,
他总算摆脱了痛苦和悲伤,
他抹干泪水双膝跪下,
接受爷爷册封当国王。

故事到此告一个段落,
但还有尾声未唱完,
因为处死的是帕板捧麻典,
他手下的官兵究竟怎么样?

话说到了第二天早晨,
官兵们醒来后一片茫然,
当他们发现帕板王已死,
个个心里非常恐慌。

帕板是个死不掉的国王,
举国上下家喻户晓,
如今他的头身已分家,
说明他已没有活的希望。

并且他的身子被砍成几段,
浑身上下血迹斑斑,
这一场面惨不忍睹,
杀他的人本事比他强。

帕板国王尚且如此，
我等又有多大能量？
事到如今得赶快逃命，
千万不能继续打仗。

想定之后大家撒腿就跑，
官兵们边跑边嚷嚷闹闹，
叙说帕板捧麻典惨死场面，
把勐邦果军队说成神兵天将：

"我们的国王被人杀害，
他已经真正死亡，
那时我们都在昏睡，
时间是昨天的晚上。

"国王身上的所有宝物，
连同他的坐骑白大象，
全被洗劫得一点不剩，
这个景象实在太悲惨。

"或许我们的国王该死了，
他已经走到生命的终点，
这全是命中注定，
谁也无法挽救。

"他一贯说话太过强硬，
而且非常残暴，
别人的劝说他听不进，
走到这一步是应得下场。

"他视忠言为逆耳，
一意孤行太狂妄，
他生性多疑狡诈，
他心胸狭隘没肚量。

"文武大臣劝他停战，
他反而调兵遣将对抗，
文武大臣劝他以和为贵，
他不仅不听还滥杀忠良。

"这全是他霉气的根子,
这就注定他今日下场,
做国王一定要开明,
他的教训后人要牢记不忘。"

将领们怕回去不好交差,
半路上又聚在一块商量,
决定先派人禀报王后,
接着向百姓作广泛宣传。

告诉百姓国王已去世,
死因要说得特别简单,
死亡的消息内外有别,
尤其是惨死的场面不要渲染。

还要告诉守城大臣,
赶快准备一口金棺,
用来装国王尸体,
运回王城举行隆重国葬。

将领们于是拿着营帐里金牌,
到王城传达十头王的死讯,
先去告诉国王的两位王后,
再告诉全体臣官和所有的人。

话说两位王后得知消息,
这好比晴天霹雳,
西丽韦扎和甘扎提拉不敢相信,
众多的宫女们更是将信将疑。

之后大家号啕大哭异常悲伤,
满脸泪水像波涛汹涌的海洋,
又像被风吹摇摆着的树叶,
摇摇欲坠满树一片枯黄。

大家或惊奇或伤心边哭边叫,
为何大王要抛弃两位王后而去,
给年轻的王后留下无尽悲伤,
两位美丽的王后从此守空房。

为何国王要抛下男仆人和女仆人,
抛下众多大大小小的将军臣官,
抛下宫殿里众多的金银财物,
抛下刀枪弓箭还有衣物铺盖。

抛下帝王仪仗用的五种物品①,
抛下无与伦比的吉祥白大象,
抛下满厩的牛马和家禽,
抛下满仓的谷子金灿灿。

现在国王已经死了,
抛下了所有的一切,
抛下了森林山谷和田地,
抛下了流经勐迦湿的大河流。

守城的官员也很惊讶,
噩耗震惊每个人心房,
它推翻国王不死的神话,
担心国家从此会混乱。

百姓们听到这个消息,
都惶恐不安很惊愕,
大家纷纷奔走相告,
王城里顿时乱成一团。

百姓听后都很糊涂,
交头接耳吵吵嚷嚷,
国王的残暴早有所闻,
反倒觉得是消除灾难。

他们大声地说:
"各位兄弟快来,
大王已经死了,
不死神话已终结。"

---

①帝王仪仗用的五种物品:国王出行常用的仪仗器物,有华盖、长柄扇、长柄刀、红缨枪、拂尘等,各王侯根据等级所使用的仪仗器物也不尽相同。

人们簇拥而来，
围在一起纷纷谈论着，
我们的大王真的死了，
现在死了真是活该。

他要是听别人的劝告，
和对方建立友好邻邦，
那他就不会死去，
也不会有这个下场。

百姓还议论王族乱伦故事，
认为因果报应理所当然，
伤天害理的事千万不能做，
祖宗的罪过子孙来偿还。

大臣按照王后的旨意，
抬来一块硕大的金板，
把国王的尸体放在上面，
再放入金轿里抬回王城。

他们为国王尸体洗浴，
然后拿出白色绸缎，
对国王尸体进行包扎，
一层又一层包得稳稳当当。

此时国王尸体已经僵硬，
包扎时腥臭令人头昏脑涨，
不少人边包扎边恶心呕吐，
折腾了好长时间才包扎完。

绸缎足足裹了一百层，
金匠们抬来一口金棺，
将包扎好的尸体装进金棺里，
再用仙草把清水滴洒在灵柩上。

灵柩两旁插着布条旗幡，
同时还建了一座祭宫①，

---

①祭宫：傣族传统习俗，送葬时专门搭建放在棺木上的宫殿形状的塔楼。

将金棺放在祭宫里面,
表示国王已经寿终正寝。

王后和宫女为国王守灵,
七天后举行隆重国葬,
葬礼之后王宫恢复平静,
人们的生活转入正常。

听吧,妹妹啊,
你像林中的索腊批花①,
香飘万里气味芬芳,
小伙子争先恐后来采摘。

你像芳香四溢的长蕊紫葳花,
人见人爱令人陶醉,
你像开在高枝的鲜红缅桂花,
沐浴在温暖的阳光照耀下。

风儿不断地来侵袭,
让它的花瓣掉落,
无论它多么美丽,
都会凋谢和残败。

哥哥将要继续讲述,
当阴霾渐渐散去,
太阳露脸天空明亮,
万象更新天地变样。

将士们见帕板捧麻典已死,
都自动放下武器不敢再战,
士兵溃不成军都逃回王城,
坐等着命运对他们的安排。

勐迦湿王家军队回城后,
勐邦果的军队并没有追赶,
帕板捧麻典国王已被处死,
两勐的恩怨也随之烟消云散。

---

①索腊批花:傣语,一种花的名称。

战争虽说没有宣布停止,
将士们已全部撤离战场,
王城内外很快恢复平静,
勐迦湿上空出现和平曙光。

佛祖世尊讲完这段故事,
又对比丘们说:
"众比丘啊,
这段故事确实激烈精彩。

"当时巴罗和昆代拿到宝刀,
为什么没立即去砍死帕板?
因为当时帕板精气还附体,
所以说要处死他没那么简单。

"且说那个自诩不死的帕板,
却被巴罗和昆代拦腰斩断,
满以为帕板捧麻典就此完蛋,
孰料他的身子又接合恢复原样。

"但是因为他已失去灵魂,
当时就死在自己的宝刀下,
正因为用了他自己的宝刀,
才能杀死他让他从此灭亡。

"话说忉利天里的天神们,
知道帕板捧麻典的死讯,
就在整个天层互相传告,
都说帕板是死于他的贪婪残暴。"

第五十九章

农板王子当国王
举行葬礼尽孝心

听吧,妹妹啊,
你就像林中鸣叫的纺织娘,
妹妹再仔细倾听哥哥讲述,
讲述帕板捧麻典死后情况。

忉利天里天神们见帕板已死,
整个天层互相传告热闹非凡,
众神仙异口同声认为,
帕板死于自己的残暴和贪婪。

战争的乌云已经驱散,
我的歌声更加嘹亮,
下面我要继续讲的故事,
是歌颂战后的和平时光。

自从消灭帕板捧麻典国王,
消除了亿万人心头隐患,
敌对双方自觉收起武器,
战争的阴影不驱自散。

勐邦果盟国的军队,
人人脸上喜气洋洋,
人们欢呼战争胜利,
人们欢呼消灭大魔王。

帕亨达喜形于色,
他决定欢庆一番,
他召见盟军的各位帕雅,
对参战人员加封嘉奖。

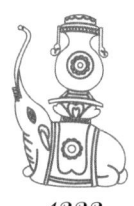

他要求各国军队，
举行隆重庆功联欢，
他下令运送物资的头人，
调拨食物大摆盛宴。

战胜国一派欢腾，
厨师忙于杀猪宰羊，
各军队大摆酒席，
气氛热烈喜气洋洋。

军民一块载歌载舞，
象脚鼓敲得咚咚响，
姑娘们跳起孔雀舞，
军民举行大联欢。

草坪上燃放起篝火，
熊熊火焰把夜空照亮，
歌声欢呼声此起彼伏，
各种乐器演奏乐章。

歌声表达胜利的喜悦，
舞姿跳出英雄的形象，
锣声送别战争的阴影，
鼓点激发奋进的力量。

庆功活动举行了七天七夜，
官兵们在喜悦中共度美好时光，
联欢活动不能没完没了，
丰盛的酒席也该解散。

当联欢活动结束的时候，
帕亨达召集各盟军的大将，
他是一百二十一国的盟主，
他召集大家畅谈感想：

"我的各位尊贵的将领，
这场战争多亏大家帮忙，
你们都是各勐英明的帕雅，
你们功勋卓著是民众的榜样。

"你们的功劳永载史册，
　　你们的英名万古流芳，
　　　我衷心感谢你们，
　我和子孙们牢记不忘。

"这次战争虽然胜利了，
　　但我们的事情未完，
　　勐迦湿至今未表态，
　他们应在协议上签字投降。

"如果他们拒绝签字投降，
　　又不愿同我方建立邦交，
　　我们就要继续攻进城里，
　把顽固的人彻底消灭光。"

　参加这次开会的大将，
　　共有一百二十八位将官，
　　大家一致赞成王爷意见，
　要勐迦湿签订战败国条款。

　随后请来文臣大官，
　　草拟各项协议，
　　呈报帕亨达亲自审定，
　再呈巴罗签名送达对方。

　文官们写好协定文本，
　　又写了邀请信函，
　　派出信使骑上战马，
　赶到城楼大门前方。

　他们大声向城楼上喊话，
　　把来意通知守门官，
　　守门士兵脸色铁青，
　不得已只好下楼接信函。

　守门官接到信函之后，
　　又将信件转呈宫里大臣，
　　首辅大臣接下函件，
　看完后低头沉思一番。

他对其他的大臣讲,
看来战争还没有完,
勐邦果派人送来信件,
叫我们派人前往谈判。

他们已拟好谈判方案,
要我们派出十名官员,
去签订有关停战协议,
谈判的官员明天前往。

勐邦果有严格的规定,
限定时间赶到指定地方,
谈判代表不准带武器,
要有权力当场作出决断。

勐邦果方也派十名代表,
同样不带武器,
双方都要准备资料文件,
保证谈判顺利进行。

他们强迫我们接受条件,
否则明天就把战火重燃,
如今他们已兵临城下,
这不是恐吓是实话实讲。

首辅大臣传达了信函内容,
勐迦湿官员听后坐立不安,
他们已饱尝战争的痛苦,
听到要攻城都吓破了胆。

他们立即进行商量,
认真研究分析情况,
按照国家法典规定,
对方所为顺理成章。

他们自认是战败国,
完全丧失战斗力量,
对抗绝没有出路,
只好接受提出的条件。

他们按规定派出十员大官,
第二天天不亮就出城谈判,
他们赶到指定的地点,
双方如约见面没有寒暄。

谈判完全按外交规矩,
地点设在一条界河边上,
首先由勐邦果方面发话,
质问勐迦湿的使臣:

"尊敬的各位使臣啊,
今天这场谈判非同一般,
它将决定勐迦湿命运,
也决定国家能否长治久安。

"谈判内容已经送达,
不用在这里重复讲,
谈判成败后果都很清楚,
双方心里都有一本账。

"不言自明现在你们败了,
战败国该做什么不用多讲,
按理你们应主动同我方见面,
不应缩在城里不声不响。

"莫非你们还想战争,
难道你们还想对抗,
莫非你们不承认战败,
难道你们还想较量?

"我们不作过多猜测,
也不把观点强加你方,
我们办事非常干脆,
直截了当从不拖泥带水。

"想必你们已细读信函,
里面已表明我们的主张,
我们不想继续打下去,
避免无辜百姓生灵涂炭。

"我们想走和平道路,
实现两勐之间友好交往,
我们不了解你们在想什么,
是否有诚意实现这一愿望。

"我们既然阐明观点,
你们也该作出反应,
要战要停自己选择,
今天我们坐下来谈。

"俗话说一失足成千古恨,
帕板王已落得这个下场,
希望你们吸取他的教训,
千万不要拖延要当机立断。

"我们历来不把观点强加于人,
我们也不愿看到悲剧重演,
希望你们能有清醒的头脑,
作出明智选择多为百姓着想。"

勐迦湿首辅大臣叫罕冷,
他头脑灵敏能言善辩,
他认真细听对方的话,
慢条斯理地把观点细谈:

"尊敬的勐邦果大臣官,
阁下刚才的话很有道理,
俗话说太平狗比乱世人强,
战争给人类带来的是灾难。

"我们反对战争,
我们也不想打仗,
我们祈求和平,
我们也希望停战。

"但是有些事不以意志为转移,
战争的烈火已燃遍家乡,
如今勐迦湿已被打败,
战败国只能接受审判。

"这场战争的失败,
是因为国王遇难,
帕板捧麻典是被杀死的,
否则这场战争可能延长。

"当然这话没实在意义,
因为大局已定无法扭转,
我们也应该面对实际情况,
只是我们比较矛盾难作决断。

"勐迦湿是个泱泱大国,
要我们俯首称臣实在难,
但是我们又是个战败国,
战败国又不得不投降。

"因为这是老祖宗的习惯,
也是傣家人的古老规章,
投降了符合规律,
不投降违反规范。

"如果我们要求你们撤军,
这样做对与不对暂不谈,
勐邦果绝对不会接受,
这好比劝告老虎不要吃羊。

"这是一件伤脑筋的事,
这好比生意人闯荡赶摆场,
讨价还价最后成交生意,
结果符合双方的愿望。

"你们讲到建立邦交的事,
这件事似乎更加困难,
因为我们历来没有先例,
再说阵亡的将士尸骨未寒。

"如果双方继续打下去,
我们的损失恐怕更惨,
且不说伤害无辜平民,
说不定全部官员被消灭光。

"为此我们正在想办法,
如何把此事处理圆满,
我们已表明内心矛盾,
想听取你们的主张。"

勐邦果盟军很讲道理,
认为他们想法理所当然,
一个称雄一世的大国,
要放下架子一时有困难。

他们讲出来说明态度诚恳,
对此勐邦果方面能够体谅,
他们的谈判代表念达辛,
讲了符合对方利益的主张:

"如果你们内部意见不统一,
允许你们进一步磋商,
但一定要抓紧时间,
不能无限期拖延。

"如果你们接受投降,
又愿意同我们建立友邦,
我们倒有一个好办法,
估计你们不会反对。

"也许你们不会忘记,
帕板的儿子帕农板,
王子至今还活着,
他是个深明大义的男子汉。

"他为阻止父王挑起战争,
差点把年轻生命葬送,
帕板捧麻典要砍他的头,
他只好弃暗投明投奔我方。

"我们盟国收留了他,
并且对他非常友善,
他虽然是勐迦湿王子,
我们没有对他另眼看。

"他是到我们这里避难，
　　　我们为他提供保护伞，
　　为他提供良好的生活条件，
　　　还保护他的生命安全。

　　　"他在我们这里得到照顾，
　　　对我们的正义行为很赞赏，
　　他痛恨蛮横不讲理的父亲，
　　他还支持我们同他父亲打仗。

　　　"他是个有才干的王子，
　　他同他的父亲完全不一样，
　　　他可以管理好勐迦湿，
　　　一定能成为英明的国王。

　　　"我们将扶持他继承王位，
　　　他继承王位也顺理成章，
　　　他一定会得到百姓拥护，
　　不知你们这些大臣怎么想。

　　　"如果你们不接受他，
　　　我们也不会勉强，
　　我们将带他到勐邦果，
　　让他去当一个勐的国王。

　　　"根据他的才能，
　　　非常合适当国王，
　　我们不会埋没人才，
　　他可以为民众作贡献。

　　　"当然还得征求他的意见，
　　　由他自己选择去留方向，
　　　我们也不会为难他，
　　　强扭的瓜不甜也不香。

　　　"我们的想法已经讲完，
　　　你们可以进一步商量，
　　　三天后你们作出答复，
　　超过时间在战场兵戎相见。"

第五十九章

定出三天期限，
这次谈判宣告结束，
散会后各自回去，
向各自帕雅汇报谈判情况。

勐迦湿谈判代表回去后，
意识到问题很严重，
他们召集所有帕雅王官，
进宫商讨对策议定方案。

这些人都是帕雅和富翁，
包括住在宫内和宫外的大官，
全部集中在大堂里，
听首辅大臣报告谈判情况。

这次商讨国家大事，
要求个个都要发言，
有什么想法就讲什么，
不要有什么顾虑和遮掩。

核心是帕农板回国继位的事，
因为牵涉到国家由谁来当王，
对这个问题意见不相同，
有的同意有的反对。

赞成王子回国继位的人认为，
勐迦湿毕竟是王子的家乡，
他不可能去投靠别人，
他跑出去只是为了避难。

国王死去之后，
王子本应返回家乡，
他是王位的当然继承人，
这一点无可非议不必商量。

另有一部分大臣和帕雅，
他们发表自己的主张，
认为农板已投靠敌人，
已经离开了自己的家乡。

他既然脱离了自己家族，
也就是背叛自己的父王，
如果再让他回来继位，
我们不会答应百姓也不会原谅。

此时国王的两个遗孀，
她们是帕农板的母亲，
她们无限想念自己的王子，
听到大家争论两眼泪汪汪。

在会上她们也发表意见，
她们的意见让在场的人动情，
可能出于亲情的关系，
王后的意见打动人们的心肠。

"尊敬的各位帕雅长官，
你们都是国家的栋梁，
你们忧国忧民的心情，
我们都能够体谅。

"可是你们应该想到，
王子是我们的宝贝心肝，
国王如今已经去世，
再失去王子我们有何希望？

"希望大家能体谅我们的心情，
让王子回来做勐迦湿国王，
如果不让他回来继位，
我们也只好远走他乡。

"我们要跟王子在一起，
我们要永远守在他身旁，
他去到哪里我们跟到哪，
我们的决心不可逆转。"

王后的话刚一说完，
有四位帕雅接着讲，
他们精通国家政事，
他们最懂得古老的规章。

他们卷起高高的衣袖,
伸出粗壮的手腕,
他们表情严厉,
说话的口气不容商量:

"请大家回头好好想一想,
这个国家是谁打下的江山?
国家的王位该由谁来继承,
这件事难道还用得着商量?

"帕农板王子何罪之有,
谁有胆量就站出来讲,
王族里除了他还有谁更合适?
请大家好好扳起指头算。

"反对帕农板继承王位的人,
恐怕是想把国家搞乱,
为何把权力交给别勐的人,
卖国求荣打自己小算盘。

"不让王子回来继承王位,
把王子赶到异国他乡,
把勐迦湿人的脸面全丢尽,
我们认为这类人存心不良。

"请各位再仔细想一想,
国家的失败责任由谁承担?
这个问题其实非常清楚,
国王一意孤行主观武断。

"他听不进别人意见,
他自以为是太过狂妄,
因为他的错误决定,
弄得多少人妻离子散。

"在这场战争当中,
失去多少良才大将,
牺牲了多少人的生命,
国王最后把自己命也赔上。

"这种事情究竟要怪谁,
难道要怪王子帕农板?
希望各位头脑清醒,
分清是非要有正义感。

"请各位再往前想一想,
引发战争的根源在何方?
当初巴罗来我们这里,
是走错路线迷失方向。

"他并没有干什么坏事,
他无非是在我们这里玩,
当时无意中闯进塔楼,
遇到了婻乌莎姑娘。

"青年男女相见之后,
一见钟情产生爱恋,
这本来是人之常情,
国王他不该棒打鸳鸯。

"这实际上也是一种缘分,
缘分的事谁也不能阻拦,
因为这件小小的事情,
国王却大动干戈自找麻烦。

"他为此发动了七八次战斗,
调动了大批的士兵大将,
他本想杀死帕巴罗,
却被对方打得狼狈不堪。

"在这几次的战斗中,
牺牲了十几位大将,
还死了很多士兵,
这件事弄得很窝囊。

"国王实在无聊可笑,
他做事非常荒唐,
他企图关住两个青年,
设下计谋搞了个铁牢房。

"他本想把他俩分开,
反倒帮了他俩大忙,
让他俩日夜厮守,
更加深了他俩情感。

"他做的这件荒唐事,
让天下人笑破肚肠,
人们耻笑国王愚蠢,
强迫女儿同陌生人进洞房。

"这件事不翼而飞,
传到帕巴罗家乡,
他爷爷和父王知书达理,
派钦差大臣前来道歉。

"他们送来很多礼品,
低声下气向国王求情,
想请他回心转意,
成全年轻人姻缘。

"他们还写了厚厚信函,
请求国王给予宽大原谅,
可惜我们国王固执己见,
一点也不买人家的账。

"按照王家的礼仪待人,
应让两位青年实现愿望,
这也是傣家人的规矩,
没想到国王无视规章。

"一对好端端的青年,
他硬要把他们拆散,
结果得罪了勐邦果,
破坏一座友好桥梁。

"他不但反对这桩婚事,
还越发得意猖狂,
他想杀死帕巴罗,
实施了种种卑劣手段。

"他还向勐邦果挑衅,
　用污言秽语侮辱对方,
　说只有战争才能解决问题,
　欺人太甚极端傲慢。

"国王的倒行逆施引发了战争,
　王子为阻止战争险把命丧,
　国王是这场战争的罪魁祸首,
　而不能推到帕农板王子身上。

"看问题要分清是非曲直,
　冬瓜和南瓜长得不一样,
　表面看来勐邦果是侵略者,
　但引发战争的却是帕板王。

"国王如此辱骂人家,
　谁听了都会怒发冲冠,
　既然人家抓住了把柄,
　肯定会紧紧抓住不放。

"其实战争是我们先发起,
　我们把帕巴罗关进铁牢房,
　接着又多次派兵谋杀他,
　结果我们打了败仗。

"他们对国王所为不计较,
　想握手言和平息风浪,
　国王并不吸取教训,
　根本就不买人家的账。

"人家也是堂堂大国,
　发兵攻打我们理所当然,
　这样一来我们反倒没理,
　我们的眼泪只好往肚里淌。

"帕板捧麻典国王自以为是,
　其实人家兵力比我们强,
　打起仗来我们节节败退,
　第一仗四大将军全部阵亡。

"人家不仅能营救人质出狱,
还能打退我们上亿兵将,
自从战争打响后不久,
兵力悬殊已经很明显。

"帕农板王子有先见之明,
他对父王提出忠告,
劝他收兵同对方讲和,
再打下去恐怕难收场。

"打仗最受伤害的是老百姓,
有良心的人都应为百姓着想,
国王听不进儿子的话,
他心中没有百姓丧尽天良。

"如果当初国王能听从王子的劝告,
解决问题还为时不晚,
让两勐之间架起金桥,
欢送两个年轻人进洞房。

"成全这门亲事是积德行善,
何苦硬要把两个人拆散?
不知国王心里打的什么主意,
像疯子一样不可理喻。

"再说王子是他的亲骨肉,
连亲生儿子也不要的人真少见,
儿子说多了还要杀死他,
帕农板不得已只好远走他乡。

"当时国王对儿子说的话,
如今回想起来还令人心寒,
他说当儿子的就得听老子的话,
说一不二只能服从不能违抗。

"老子的话不论错还是对,
只能服从真是无稽之谈,
他反过来还批评儿子,
说他年纪小乳臭未干。

"骂王子没有上过战场,
就要向敌人求饶投降,
是个贪生怕死的人,
算不上有作为的男子汉。

"说他如果再不听话,
就要把他剁成肉酱,
把他拿去供奉勐神,
不许他再胡乱开腔。

"在这种威迫之下,
王子已经心灰意冷,
他只好去找干妹妹,
躲避这场杀头灾难。

"如果当时王子不离去,
如果当时王子不避难,
恐怕早已成为国王刀下鬼,
今天就不可能活在世上。

"他当初作出这一选择,
完全正确应该原谅,
有人说他投靠敌人,
这同国王的错误观点一样。

"其实勐邦果对王子并不错,
他们处处为双方利益着想,
他们不想霸占我们的国土,
只希望两勐今后友好交往。

"他们的想法很有道理,
他们想得长远很有眼光,
尽管以前国王伤了他们的心,
人家并不计较宽宏大量。

"我们虽然成了战败国,
人家并没有践踏我们尊严,
目前我们应该冷静下来,
考虑国家的长治久安。

"我们要争取主动挽回面子,
就要坐下来同对方谈判,
彻底检讨这次战争的过错,
切不可强词夺理争胜好强。

"如果这个问题解决不好,
我们的国家有可能消亡,
切不可一错再错,
请大家为国家的命运着想。"

帕雅的话刚一停下,
大臣们就交头接耳说个没完,
一致认为帕雅的话有道理,
决定按照这个意见办。

第二天天刚蒙蒙亮,
一切工作已准备妥当,
王宫外擂响了大鼓,
把各方头人召集到广场。

首辅大臣发表重要讲话,
代表王宫宣布重大事项,
国家不能一日无主,
无主的国家会发生内乱。

"现在我代表王宫正式宣布,
我们将把王子请回家乡,
请帕农板回来接替王位,
担任勐迦湿的新国王。"

首辅大臣宣布完之后,
引起了热烈反响,
大家拥护王宫决定,
欢迎帕农板回来当国王。

随后王宫内的帕雅和臣官,
立即准备迎接帕农板,
老百姓也主动捐献物品,
用行动表明心中的愿望。

迎接帕农板是件大事，
其中还有很多事要办，
要向战胜国表示歉意，
消除过去的一切仇怨。

另一方面是迎接新任国王，
要按傣家人的礼仪习惯，
其中要有礼品和金银，
礼物的种类要上百样。

要向战胜国赔偿战争损失，
金钱数额不能少，
迎接王子要盛大隆重，
除了物品还要有很多旗幡。

准备工作紧张进行，
大臣们分头筹集募捐，
有的到村寨采购牛马，
有的从国库提取金银。

水牛和马匹各准备了一千头，
幡条准备了一万条，
还有五颜六色的鲜花，
有贝币和金箔银片。

金色银色蜡条各一百对，
还有各种装饰品，
礼物数量都以千计，
数量的多少表明诚意深浅。

从国库里提取的金银，
数额达到三千万两，
用巨额金钱来表示歉意，
以此来讨好勐邦果。

迎接王子的礼物很讲究，
因为要请他回来当国王，
礼仪必须全部按最高规格，
不允许有半点怠慢。

所组成的人群队伍里,
要有一百个漂亮小姑娘,
还要有一百个英俊小伙子,
他们负责去赔礼道歉。

在赔礼的物资贡品中,
还要有一批战马大象,
还要请王后娘娘出面,
让她乘坐在象背的金鞍上。

众多的宫女和武士跟随,
左右前后有头人和臣官,
成千上万的人敲锣打鼓,
紧紧跟随和簇拥在身旁。

一切都准备妥当后,
前往的人还要进行操练,
经过首辅大臣检阅之后,
才起程去赔礼和迎接农板回乡。

伴随着欢快的锣鼓声,
歌舞队载歌载舞热闹非凡,
那场面仿佛办大喜事,
看不出有半点哀伤。

人们排列整齐手持鲜花,
队伍缓缓走出王城大门,
规模空前浩浩荡荡,
不久到达勐邦果军营。

首辅大臣安排觐见人员,
首先是婻甘扎提拉王后,
她带领群臣和各位帕雅,
慢慢走近大碉堡门槛。

宫女和仆人抬上圣桌,
圣桌总共有三张,
圣桌都是精制而成,
每张价值贝币百万。

圣桌上摆放着礼品,
百对蜡条放在正中央,
其他物品按顺序排列,
构成一幅吉祥的图案。

国王遗孀率领群臣代表,
端上礼物拜见帕亨达王,
首先向王爷请安问候,
祝福王爷吉祥安康:

"尊贵的王爷爷啊,
小辈向王爷爷请安,
祝福王爷爷万事如意,
祝福王爷爷万寿无疆。

"祝福王爷爷吉祥,
一切烦恼远离身旁,
小辈代表勐迦湿臣民,
前来向贵国赔礼道歉。

"如今帕板国王已阵亡,
仇恨已烟消云散,
我们衷心希望双方之间,
建立起和睦友好关系。

"希望我们双边的友谊,
像江水一样源远流长,
为今后双方的友谊,
架设一座牢固的桥梁。

"友谊如苍天和大地,
地久天长永远存在,
愿两勐繁荣昌盛,
永远闪烁着金色的光芒。

"从今以后勐迦湿国,
愿意和贵方长期密切交往,
期待王爷爷忘记过去,
宽宏大量不要记仇。

"请您饶恕我们的罪过,
我们保证悲剧不会重演,
让我们一起展望未来,
共同迎接美好时光。

"我们为了表达诚意,
带来黄金三千万两,
礼品微薄情意重,
请王爷爷笑纳不要谦让。

"礼品一份献给王爷爷,
您拯救万民劳苦功高,
一份向贵勐赔礼道歉,
作为这场战争的损失赔偿。

"另一份礼品来自民间,
它代表万民的良好期盼,
把帕农板王子接回去,
继承王位做万民之王。"

国王遗孀讲完之后,
三鞠躬再次表示道歉,
接着首辅大臣亲自出马,
端着盛满礼品的圣盘。

群臣跟随其后,
把各种礼品一份份送上,
送礼品的仪式很隆重,
一个跟一个队伍很长。

这些礼品价值连城,
按黄金折算有好几百万两,
送礼人恭恭敬敬,
双手捧着高举头上。

他们把礼品呈递给王爷,
表示诚意求得原谅,
帕亨达王接下礼品,
也接下了对方良好愿望。

其实此举也是王爷本意,
　他从心底里大加赞赏,
这场战争实在迫于无奈,
　他早就想结束战争。

帕亨达王爷历来与人为善,
　他要架设两勐友谊桥梁,
　他不想霸占勐迦湿国,
　他希望勐迦湿繁荣富强。

双方停战问题解决之后,
　他们把仪式转入第二项,
　　解决请回王子问题,
首辅大臣又高举第二个圣盘。

给王子的礼品全部由民间筹集,
　　它的意义更为深长,
　　它代表老百姓的心意,
　　是万众无声的呼唤。

　　帕农板王子走上前来,
看到母后顿时两眼泪汪汪,
　　母子分别已经数月,
此时此刻有千言万语要诉说。

　　他急忙扶起母后,
　　母子俩拥抱成一团,
　　母子团聚互诉衷肠,
　　周围的人也感动落泪。

　　帕农板心里非常矛盾,
　　他的本意不想回家乡,
因为父王已把他的心伤透,
他的心意一下子不易回转。

　　他迟迟不接礼品,
　　把大臣们急得心慌,
　　他们跪下千求万请,
　　母后也劝他回心转意。

经大臣们反复请求,
又看在母亲的情分上,
帕农板终于答应回国,
大臣们终于露出笑脸。

两项礼仪都已完毕,
帕亨达王爷脸上焕发容光,
他想好事应该做到底,
把孙子巴罗叫到身旁:

"如今两勐已经和好,
不久我们将返回家乡,
现在该考虑你的事情,
你马上去接来乌莎姑娘。

"让她来见一见干妈,
也算了结心事一桩,
明日我们要欢送王子,
让他回去继任勐迦湿国王。"

帕巴罗听了爷爷吩咐,
高兴得如蹦跳的小羊,
他骑上神马,
飞上蔚蓝的天空。

三天的路程瞬间就到,
到达了仙女居住地方,
他把事情全告诉妻子,
乌莎听后心里喜洋洋。

婻乌莎立即整装动身,
跟着丈夫来到碉堡旁,
他俩共骑一匹神马,
妻子紧紧搂着丈夫腰杆。

他们一会儿来到碉堡旁,
见到日夜思念的母后娘娘,
婻乌莎含着泪水合掌施礼,
悲喜交加两眼泪水汪汪。

干妈立即迎向前去，
高兴得紧紧搂着不放，
自从嫡乌莎被关进铁牢，
母女俩就天各一方。

王后喜欢这个干女儿，
乌莎也把她视为亲娘，
但无奈国王如此残忍，
王后虽有想法但不敢声张。

她将干女儿抱着亲吻，
对着干女儿左右端详，
女儿亲热地依偎在母亲怀里，
仿佛孤舟驶进了避风港。

天黑下来大家就地休息，
一夜好睡迎来翌日曙光，
天刚一亮帕亨达就起身，
召见了儿子丙比桑国王。

王爷还叫来孙子巴罗，
并派人唤来纳林答大将，
同时还叫来孙子昆代，
他把四个人叫来一起商量。

他对四个人委以重任，
要他们护送王子帕农板，
并作为勐邦果的代表，
参加农板登基大典。

四人带上大臣及随从，
午饭后动身起程前往，
为了欢送帕农板回宫，
他们还敲锣打鼓。

勐迦湿官员来时没精打采，
如今要回去个个精神焕发，
返回时队伍非常整齐，
宫内的大臣走在前方引路。

各方头人跟随其后,
接下来是帕板捧麻典遗孀,
她带领着王子帕农板等人,
每个人乘坐一头金鞍大象。

护送的客人走在王族后面,
同王后并行的是婻乌莎姑娘,
巴罗则同帕农板走在一起,
两个人并肩前行亲密无间。

人们从大碉堡指挥部出发,
一起往勐迦湿王城方向走,
一路上彩旗飞舞锣鼓喧天,
歌声乐声回荡在平坝高山。

人们穿着傣家节日盛装,
姑娘们打扮得花枝招展,
花筒裙色彩鲜艳,
到处一片喜气洋洋。

王宫里早已接到通报,
王城大门披上节日盛装,
留守大臣和宫女来到城门外,
欢迎帕农板回到故乡。

老百姓喜笑颜开,
奔走相告喜讯传扬,
人们纷纷涌到城外,
载歌载舞迎接帕农板。

队伍走进宽阔的王城内,
男女老少涌上街头观看,
按照预先的安排,
队伍首先来到广场。

他们在预先搭好的凉棚里休息,
那里摆满宴席等候他们用餐,
凉棚里摆着蒲垫和靠枕,
地上铺着凉席和红地毯。

佣人端来傣家美味佳肴，
凉棚里飘溢出食物的芳香，
佣人倒茶倒水送水果，
金盘里摆放着红彤彤的槟榔。

凉棚里充满欢声笑语，
凉棚里笛声飞扬，
小姑娘唱着赞哈调，
把美好的愿望送进人们心坎。

人们送走忧愁和烦恼，
人们迎接美好的曙光，
让灾难远离勐迦湿，
让昌盛快点降临傣乡。

人们在凉棚里过了一夜晚，
第二天乌云散去天空晴朗，
帕农板的登基大典，
正在王宫里紧张筹备。

大臣叫来权威的婆罗门国师，
要他为王子登基选择吉日良辰，
大臣还安排人把王宫打扫，
宫殿中铺上红色的地毯。

这一天终于来到，
这一天令人们难忘，
帕农板即将登基，
勐迦湿有了年轻国王。

仪式进行的这一天，
主持人请王子进入殿堂，
大臣们尾随其后，
宫女们端着金色圣盘。

众人簇拥着帕农板，
王子面带笑容坐上金床，
他正式宣告继承王位，
他将掌握大权叱咤风云。

阿沽老长辈已经到场,
他负责吟诵贺词事项,
他要用傣家人最美的诗句,
表达傣家人美好的期望:

"今天啊是个伟大的日子,
今天啊太阳光最灿烂,
今天是勐迦湿大喜日子,
芒嘎腊国魂降临傣乡。

"王子已进入神圣王宫宝座,
国王骑着金鞍大象,
国王是勐迦湿万民之主,
国王是老百姓心中的太阳。

"今天是个好日子,
今天家家户户如意吉祥,
今天每个人远离烦恼,
今天全国各地没有灾难。

"天上的神王为天马拴线,
港湾船主为宝船拴魂求安,
象倌为大象祈祷,
神仙从天上下凡。

"今天帕农板王子登基,
继承先父王位担任国王,
金色的燕子修筑窝巢,
绿孔雀开屏放声高唱。

"莽莽森林也热闹起来,
那里聚集了虎豹豺狼,
它们在一起商量大事,
推举蛟龙为百兽之王。

"今天百姓云集在一起,
为国王登基助威呐喊,
人们拥护开明的君主,
人们为此而倍感荣光。

"愿苍天保佑新的国王,
　　　　心想事成治国有方,
　　　　战胜一切艰难险阻,
　　　　克服一切不幸和灾难。

　　　"愿苍天保佑勐迦湿,
　　　　风调雨顺阳光灿烂,
　　　　托国王无比的洪福,
　　　　百姓满足国家兴旺。

　　　"愿国王在佛祖经书护佑下,
　　　　　闯过道道难关,
　　　　　战胜一切妖魔,
　　　　吉祥的喜讯天天传。

　　　"我们衷心祝愿新的国王,
　　　　身体健康寿比南山,
　　　　祝愿国王天天欢乐,
　　　　无忧无虑幸福美满。

　　　"有了年轻英明的国王,
　　　　勐迦湿人民充满希望,
　　　　有了年轻英明的国王,
　　　勐迦湿的明天更加辉煌。"

　　　　阿沾老长辈念完祝词,
　　　官员们把礼品献给国王,
　　　富翁们也跟着敬献心意,
　　　　鲜花和礼品堆积如山。

　　　　邻国嘉宾也来祝贺,
　　　　城里客栈全都爆满,
　　　　气氛热烈熙熙攘攘,
　　　　举国上下一片欢乐。

　　　　国王登基大典结束,
　　　新国王颁布治国方案,
　　　　他是一个开明的君主,
　　他的治国策略同先父不一样。

他的那一套得到百姓拥护，
人们安居乐业国泰民安，
他对待盟国主张睦邻友好，
消除了过去国与国的紧张关系。

过去先王执政时期，
勐迦湿经常发生战乱，
邻国鸡犬之声相闻，
但相互之间极少往来。

自从同邻国重修和好，
国家很快繁荣富强，
彼此走亲访友，
在一块赶摆交换物品。

帕农板吸取先王教训，
国事同大臣们商量，
对百姓减少税赋，
各行业都减少负担。

帕农板当国王也有阻力，
不怀好意的人多方作难，
对他的治国方略乱挑刺，
还散布谣言对他诽谤。

有的说他是个叛徒，
投靠敌人把祖宗背叛，
这些话蒙蔽了很多人，
以此削弱帕农板威望。

有的还说得更厉害，
说他亲手谋杀父王，
把他说成千古罪人，
说他不配当国王。

帕农板听到这些谣言，
心里头感到无限悲伤，
他为了澄清事实，
花很大精力消除谣言。

他向人们详细解释,
请大家分清是非界限,
他列举先王的暴行,
揭露他践踏傣家规章。

一个不按规章办事的人,
才真正是对傣家人的背叛,
他规劝父亲改邪归正,
却遭到父亲的辱骂和责难。

父亲要把他杀死祭勐神,
他不得已才远走他乡,
他去投靠自己的妹妹乌莎,
实际是为了生存避难。

他的所作所为没有错,
怎能说是对祖宗的背叛?
他本以为父亲能吸取教训,
想不到儿子走后他更嚣张。

他只相信武力能解决问题,
不懂得失去人心带来的后患,
他一错再错固执己见,
才导致杀身的悲惨下场。

其实战争未打响之前,
王爷曾对他好言相劝,
他自以为是当做耳边风,
把人家的好意丢在一旁。

当时不少官员也劝他,
都无法改变他的铁石心肠,
他最后把自己推到绝路,
使国民跟着他遭殃。

帕农板的解释发挥作用,
人们回心转意拥护他当王,
扫除了人们心中的障碍,
帕农板得以牢牢掌权。

帕农板有个爷爷,
他同帕板捧麻典不一样,
他知道儿子的品行,
也了解孙子帕农板。

爷爷名叫捧麻典,
他从来不会护短,
儿子去世令他伤心,
他要孙子化悲痛为力量:

"你父亲已经离开人世,
这是他应该去的地方,
你要牢牢记住他的教训,
避免重蹈覆辙。

"你已当上大国的国王,
做了国王也要按法典办事,
根据佛祖经书的教导,
多行善事为百姓着想。

"只要真正保持佛性在身,
国家就一定会发达兴旺,
国王受到国民的拥护,
才能逢凶化吉前程无量。

"爷爷祝福你诸事顺心,
爷爷祝福你身体健康,
愿苍天保佑你长寿,
愿苍天保佑你远离灾难。"

捧麻典很爱自己的孙子,
他对孙子寄予厚望,
他对孙子谆谆教导,
指出当国王应注意的事项。

捧麻典不住王城,
他住在一个边境古堡里,
他教育孙子后准备返回,
帕农板为送爷爷大摆盛宴。

帕农板有尊老的美德,
对爷爷特别敬仰,
爷爷的话他句句记心中,
作为今后行动的指南。

盛宴款待爷爷之后,
又送很多礼物孝敬老人,
他还请爷爷带去特产,
慰问守卫边境的士兵长官。

爷爷收下孙子的礼品,
喜在心里笑在脸上,
他觉得孙子很懂事,
这心意表明孙子心地善良。

捧麻典带上随从,
乘坐孙子送的金鞍大象,
离开勐迦湿王城,
回到他居住的地方。

在农板王子刚继承王位,
开始治理勐迦湿的时候,
有一位帕雅名叫几那兰,
他住在遥远的大海南面。

这个帕雅对帕农板有偏见,
他听说有敌人进攻勐迦湿,
给勐迦湿带来极大的灾难,
按两勐盟约决定去帮助帕板。

他带着十二阿呵将士,
手持利剑和盾牌来到勐迦湿,
在离王城一由旬远地方扎营,
他住下后就到处打探情况。

帕雅几那兰探听到不少消息,
有人说两勐打了八场大战,
帕板是在战斗中死在战场上,
为此帕雅几那兰非常悲伤。

他走进勐迦湿王城之后,
直接到农板王子的宫殿,
农板急忙让大臣铺好座席,
客气地请帕雅几那兰入座。

帕雅几那兰一边伤心痛哭,
一边擦着眼泪激动地说:
"哎呀喂,农板呀,
听说你身为王子为虎作伥。

"应该帮助父王打敌人,
却去讲和向敌人投降,
你为什么要去做人家奴才,
为什么要让你的父王死得冤呀!

"按道理你应该和父亲站一边,
共同治理勐迦湿才是好王子,
你为什么要去投降敌人呢,
这分明是背叛祖宗大逆不道。"

帕雅几那兰显得非常愤慨,
接着他又向农板王子问道:
"帕亨达的营地在哪里?
我要为帕板国王报仇雪恨!"

农板王子听后回答说:
"就在离王城三千庹的地方。"
帕雅几那兰又气急败坏地说:
"我要去攻打帕亨达!"

当时丙比桑等四人正好在场,
巴罗就暗中把神弓备好,
还准备宝剑和龙套,
以防万一可派上用场。

这时农板王子并不紧张,
这位帕雅不了解情况,
他不慌不忙平心静气,
把造成灾难的原因细讲:

"几那兰朋友啊,
这场战祸从发生到今天,
已经有九个月零十五天了,
你怎么到现在才知道呀?

"战争起因源自巴罗和乌莎,
这两个年轻人彼此相爱,
巴罗要准备聘礼来迎娶,
可是我父王却不同意。

"说我们两个家族从不往来,
还说巴罗只不过是平民百姓,
他也不问个青红皂白,
就派了三千弓弩手去射杀人家。

"巴罗用那神弓一射,
结果那三千名弓弩手全死光,
第二次父王又派三万弓弩手,
下令把帕巴罗射死。

"父王低估了帕巴罗的能耐,
被他用宝剑一挥,
射去的箭全都被削成粉末,
结果三万弓弩手全部死光。

"第三次依然故伎重演,
被巴罗射死将士三十万,
第四次父王依然不服气,
让四个大力士去抓巴罗。

"反被巴罗抓住他们手臂,
把他们摔昏在地上,
痛得他们哭爹喊娘,
这一次又输得很难看。

"第五次我父王亲自出马,
用萨哈萨它麻神弓去射巴罗,
巴罗挥起宝剑一挡,
箭就被削得粉碎。

"第六次父王又喷火去烧巴罗,
巴罗变出一场大雨将火浇灭,
第七次父王哄骗巴罗,
假装同意他跟乌莎结婚。

"其实这是个阴谋,
婚礼的当天晚上,
父王变出铁牢房,
把两个人关了起来。

"勐邦果得知此事,
派出使臣前来,
承认巴罗冒犯了父王,
认错送礼后请求父王放人。

"使臣们表现非常谦虚,
呈国书献礼品替巴罗请罪,
还请求父王给予处罚,
并诚心谢罪请求建立邦交。

"可我父王帕板捧麻典啊,
根本就不买勐邦果的账,
既不接国书也不接礼品,
还说要让巴罗死在铁牢里。

"还扬言说如果你们不服气,
就派军队来跟我打一仗,
他那样说人家当然很恼怒,
这就是这场战争的起因。

"他们的大队人马来到后,
就在勐迦湿城外扎营布阵,
我父亲就派昆莫和昆侬莱,
昆皮曼和昆空率兵应战。

"战争才打了三天时间,
四位将领就全战死沙场,
士兵也死了九亿四千万,
剩下的人全都四处逃散。

"之后我帮助把铁牢打开,
让乌莎和巴罗离去,
接着我见到了怪现象,
出现了许多不祥的征兆。

"都预示着情况不妙,
仿佛勐迦湿将要灭亡,
我就去拜见父王,
劝说他原谅巴罗的罪过。

"可是父王听不进去,
反倒对我非常生气,
说明天就要把我杀死,
拿我的头颅去祭勐神。

"听到父王这样说,
我就只好带着家人和亲信,
连夜逃离王城,
去投靠妹妹乌莎。

"接着父王又派将士去攻打,
一连好几次都被对方打败,
派去的将士啊也全都死光,
连伯父和叔叔都战死沙场。

"打到最后的时候,
帕板父王自己也阵亡,
将士死伤很惨重,
如果你在场不知会怎么想。

"帕亨达王爷带领勐邦果的将士,
来到勐迦湿时再三相劝,
帕亨达王爷态度很诚恳,
平心静气地对我父王说:

"'帕板捧麻典呀,
你就为王子和公主想想吧,
我们两个勐还是不要再打,
大家建交结为友好邻邦。'

"人家一而再再而三让步,
劝说了很多次依然无效,
越是劝说我父王越恼怒,
我父王非常狂傲地说:

"'我绝不会向谁求饶!'
他一直不停地这样说,
直到他战死也没改变,
这就是战争的全过程。"

帕雅几那兰听农板陈述,
知道了事情的详细经过,
他这才了解到真实情况,
也觉得帕板确实不应该。

几那兰就对农板王子说:
"如果真的是这样的话,
那你父王帕板确实不对,
他实在暴躁狂傲到极点。

"他完全违背了傣家习俗,
破坏了从古至今传承的规矩,
做什么事都不加考虑,
只凭着狂傲自大的脾气。

"他这样做确实不够冷静,
致使百姓遭殃自己也死亡,
我听后反倒觉得王子做得对,
刚才对王子的指责不应该。"

帕雅几那兰那样说后,
又劝导农板王子说:
"王侄呀,
你现在已登基做了国王。

"你一定要记住一件事,
做官和做王要爱护子民,
要种酸涩苦甜四种果树,

要好好遵照十王道①行事。

"做人不能太凶狠,
不要像只大黑狗,
在黑炭里打滚,
黑上加黑不像样。

"那样福气不会增加,
最后肯定没有好下场,
祝愿王侄的年寿,
长达九百万岁。"

帕雅几那兰说完之后,
就回到自己的营地里去,
随后农板叫人做好饭菜,
请帕雅几那兰用餐吃饭。

饭后还备好了礼品,
又写了一封感谢信,
派人送去献给帕雅几那兰,
慰劳帕雅几那兰的将士。

帕雅几那兰消除了误会,
他骑上自己的大战象,
带着十二阿呵将士,
返回自己的勐先达。

这件事对农板触动不小,
他准备再次举办隆重丧礼,
要为亡父举行祭奠仪式,
以告慰九泉下的父王。

他召集全勐的大臣帕雅,
把心事向他们讲述,
要求他们着手筹备,
具体负责人是六位高官。

---

①十王道:佛教用语,指布施、守戒、捐献、正直、和蔼、勤奋、耐心、不嗔、不损人、不违常理等佛教戒律。

大臣们经过一番忙碌，
把大厅布置得富丽堂皇。
到处挂满鲜花彩带，
还装饰了大量珍珠宝石。

这些摆设都很显眼，
然后抬来父王的金棺，
他要重新为亡父守灵，
以表达孝子的心愿。

在帕农板的率领之下，
仪式全部按程序进行，
各位大臣跟随其后，
还请来两位母后娘娘。

两位母后站在左右两边，
为国王守灵通宵达旦，
官员和百姓到灵柩前献花，
活动进行到翌日天亮。

天亮后他们抬上国王金棺，
按照傣家人的习俗丧葬，
他们在郊外举行火化仪式，
仪式隆重盛况空前。

火化时周围站满了人，
那情景庄严肃穆，
人们号啕恸哭，
如同田野里青蛙鸣叫。

随后人们围着国王的灵柩，
绕行三圈后回到原地，
他们向君王的亡灵跪拜，
要求得到国王的原谅。

农板国王与母后一起，
带着一万六千名宫女，
端起金盘和银盘，
去帕板父王的灵柩前跪拜。

盘里盛上鲜花和金银蜡条，
帕农板把它高高举过头顶，
他虔诚地向父王灵柩三鞠躬，
然后向父王灵柩祭拜说：

"尊敬的父王在上，
孩儿在这里先感谢父王，
感谢父王对儿的养育之恩，
忏悔孩儿对父王的不孝。

"如果孩儿曾经对父王有过错，
有过什么不敬不孝的地方，
或者曾经犯下什么过失，
就请父王饶恕奴的罪过吧。"

帕农板说完之后，
就放声大哭起来，
他伤心痛哭的情景，
感动了周围的亲人。

接着农板王子下令，
派人去找来檀香木，
堆放在墓坑的旁边，
土堆上搭成火葬架。

送葬的时辰一到，
农板王子就带着众帕雅，
还有大臣官员和嫡西丽婉娜，
嫡安杂提拉和嫡乌莎及宫女。

他带着她们一起为父王送葬，
众人各就各位后葬火才点燃，
火化的烈焰熊熊燃烧，
檀香木的香味向四处扩散。

遗体火化结束之后，
又用金盒将骨灰装好，
还为父王建了座墓穴，
将骨灰进行埋葬。

墓坑深有两庹，
有五庹长和宽，
墓穴规模庞大，
气势雄伟壮观。

墓穴用砖头层层往上砌，
四周也用砖砌全都一样，
像一座金光闪耀的塔楼，
高高地耸立在坝子中央。

墓冢的表面用三合土抹匀，
使其光滑而又美观，
最后用漆和金粉涂在上面，
再镶嵌红色的宝石。

一切都做得很完美，
年轻的国王这才心安，
带着随员返回王宫，
去准备翌日要做的事项。

第二天清晨起来之后，
农板与母后和王妃又行动，
带着侍从和貌美的宫女，
一起准备布施品与资具。

备好的资具有八种，
还备好了丰盛食物，
八桌的食物备好后，
就带到父王的墓前祭拜。

他们邀请八位僧侣，
为帕板国王滴水做布施，
为死去的父王超度，
场面极为庄严隆重。

僧侣们接受了布施品，
转送给帕板捧麻典先王，
让他来世可以享用，
不受贫穷痛苦煎熬。

僧侣们收好布施物，
还有食物和八种资具，
然后告别了帕农板，
就各自回到寺院。

亡父的后事至此办完，
帕农板总算还了心愿，
他觉得对得起列祖列宗，
他在民众中有更高大形象。

帕农板办完父亲后事，
集中精力制订治国方案，
他召集王宫里的官员，
聚到一块共同商量。

乘着帕丙比桑客人未走，
他们先修订对外交往方案，
对外一定要建立友好关系，
这是他的指导思想。

他们在和睦气氛中商量，
彼此都能互相谅解，
经过一番商谈之后，
达成了永久合作的条款。

为了加深彼此友谊，
他们还决定定期互访，
亲戚越走越亲，
化解矛盾才有安定边境。

帕丙比桑完成任务，
准备起程返回家乡，
他对帕农板施政很满意，
同他建立了友好关系。

两勐的仇恨已经结束，
他们要谱写新的篇章，
他们为今后合作奠定基础，
双方皆大欢喜前程无量。

佛祖世尊的故事又告一个段落,
他又回过头进行归纳和小结,
农板登基后几件事处理得好,
所以他激动地对比丘们讲:

"众比丘啊,
且说勐邦果和勐迦湿两国,
原先已经结下的深仇大恨,
在帕板死后就发生了变化。

"两个大勐结盟成为友好盟邦,
从此再也没有发生灾祸,
百姓安居乐业,
过着安宁稳定的生活。"

第六十章
帕巴罗迎娶乌莎
帕亨达凯旋回国

ဥသာပါရို

傣族英雄史诗

乌莎巴羅

ပိုဒ် ၆၀ ဥသာပါရိုနှင့်ဝိဝါဟ
ကြဒိတ္တတော်၁ဂူကမ္ဘော့ကျော့၁

请听吧，妹妹呀，
一场大雨会把江水搅浑，
一个勐如果失去君王，
就像雨后的江水一样。

战后的勐迦湿百废待兴，
人民期盼有明君挑大梁，
担心国家像雨后江水一样浑浊，
沉浸于失去君王的悲伤。

现在呀哥要继续歌唱，
歌唱勐迦湿能否变样，
自从农板王子登基后，
人们就对他寄予厚望。

现在哥要接着讲述，
农板如何重建家乡，
他所面对的破碎王国，
该如何去收拾残局。

自从老国王死去之后，
这个大勐就没有人管，
但治理国家要靠大家，
众人拾柴才能火焰高。

此次战争死去不少将领，
不少小国的帕雅也阵亡，
这些国家也像雨后江水，
夹杂着泥沙垃圾很浑浊。

他首先要考虑的是这些勐,
为他们精心配备合适人选,
他挑出六万位王官和大臣,
委派他们管辖各个勐。

还把那些年轻美丽的寡妇,
许配给王官当爱妻婆娘,
这些年轻的寡妇都很可怜,
她们的丈夫都战死在沙场。

请听吧,像金丝鸟一样的妹妹,
现在哥要为众多亲人歌唱,
不是寡妇找老公的拉郎配,
得先唱勐邦果娶公主的篇章。

话说帕丙比桑国王,
他办事精明又能干,
他参加完帕农板登基大典,
想起一桩大事也要办。

他想到勐邦果距这里很遥远,
要来一次非常困难,
他的儿子巴罗,
同乌莎已结成夫妻。

但是按照傣家的规矩,
婚礼也应在女方家办,
以前由于帕板王反对,
这婚事未能随心所愿。

如今障碍已经扫除,
娘家的拴线仪式理应补办,
他于是同帕农板商量,
双方达成共识把大事办完。

他们于是向帕亨达王爷禀报,
将要补办巴罗与乌莎的婚礼庆典,
他是家族的长老,
请他主持婚礼仪式。

丙比桑王在回乡之前,
又为儿子的婚事奔忙,
他首先请农板主办婚礼,
请他派人着手准备有关事项。

为了筹办这次婚礼,
宫内大臣忙得不亦乐乎,
有些物品得到寨子去找,
他们快马加鞭走四方。

筹备物品的人多达百万,
走遍了全勐的平坝山川,
他们挑选出上等物品,
品质要求严格不敢疏忽。

各项事宜布置妥当,
还准备了一批姑娘的嫁妆,
所有拴线仪式上的用品,
一样不少准备齐全。

包括金色的蜡条,
还有挑选出来的六万美女,
以及六万英俊小伙子,
少男少女全都是伴郎伴娘。

头人及官员已备好物品,
还邀请各地嘉宾参加仪式,
帕农板和丙比桑亲自前往,
迎请帕亨达王爷参加婚礼。

"尊贵的帕亨达王爷啊,
晚辈们前来向您老请安,
王爷德高望重,
您的威望至高无上。

"帕巴罗和婻乌莎姑娘,
将举行婚礼拴线仪式,
敬请王爷大驾光临,
为一对新婚夫妇增光添彩。"

帕亨达王爷听后起身，
用手点了包扎着蜡条的绢帕，
他愉快地接受邀请，
准备动身参加婚礼盛宴。

于是文武百官开始行动，
把彩带和金鞍摆上象背，
引路的官员也做了准备，
武官率领的武士们手持旗幡。

军队从勐邦果军营出发，
向着勐迦湿王城方向走来，
军队到达王城城门外，
迎接王爷的官民人山人海。

主人把王爷迎进王城，
接到王宫金色的宫殿，
殿堂里张灯结彩，
地上铺着红色地毯。

王爷顺着地毯走向上座，
坐在所有位子的最上端，
他坐下之后向各位招手，
其他人便依次入座下方。

宫女和佣人端来佳肴，
丰盛的食物摆满桌子上，
来自四面八方的来宾，
翘首等待新郎新娘。

听到婚礼的司仪喊话，
宾客们把眼睛睁得又大又圆，
新郎新娘双双走了进来，
啧啧的赞美声连续不断。

新郎新娘向长老合掌鞠躬，
彬彬有礼落落大方，
长老接着为他们拴线，
祝福他俩婚姻美满：

"今天是个吉祥日子,
普天下的人都欢喜,
新郎新娘举行婚礼,
幸福生活万年长。

"从今以后愿你俩相敬如宾,
在生活的道路上克服困难,
战胜一切灾害和敌人,
生活一帆风顺无阻挡。

"从今以后愿你俩和睦相处,
遇到困难要互相商量,
共同携手迎接美好未来,
把国家治理得更加辉煌。

"愿上苍保佑你们夫妻俩,
人生道路上平平安安,
千年万载无灾无祸,
一切疾病远离你俩。

"您是一个英明的国王,
愿您的国家更加繁荣富强,
老百姓安居乐业无忧无虑,
永远没有外敌侵犯。"

长老拴线祝福之后,
仪式进入第二项,
来宾敬送礼品,
各种礼品琳琅满目堆放成山。

礼品中有金条银条,
还有手镯金耳环,
金条银条的数额,
也有几百万两。

来宾送礼完毕之后,
轮到了两位母后娘娘,
她俩为两位孩子拴线,
把两颗心拴在一起永不分离。

此时此刻的婻乌莎,
这位初为人妇的新娘,
喜笑颜开美艳无比,
她的脸像一朵绽放的鲜花。

此时此刻的帕巴罗,
幸福的感觉在心中流动,
娶到婻乌莎为妻,
实现了他梦寐以求的理想。

他俩走到母后跟前,
接受两位长辈的祝愿,
当纱线拴住俩人的手腕,
幸福暖流涌进俩人的心房。

婻甘扎提拉为女儿女婿拴好线,
王后拿出金银和珠宝,
还有手镯项链和金耳环,
赠与帕巴罗和婻乌莎夫妻俩。

他俩接着来到丙比桑父王面前,
请父王为他们拴线,
纱线拴住两颗滚烫的心,
也注入父亲美好的期盼。

他俩最后来到爷爷面前,
向爷爷下跪叩拜请安,
两位年轻人心情异常激动,
双双流下热泪两行。

他们深知能有幸福的今天,
全凭爷爷为之奋斗使然,
今天的幸福来之不易,
爷爷的功德无量。

帕亨达王爷也很激动,
爷孙的亲情深似海,
为了孙子的幸福生活,
他可以用自己的生命来交换。

老王爷看着心爱的孙子,
看着如花似玉的乌莎姑娘,
此刻千言万语涌上心头,
说出了他心中最美好的祝愿:

"我的两位心肝宝贝啊,
你俩是天生一对地造一双,
爷爷祝福你们永远相亲相爱,
爷爷祝福你们永远幸福美满。

"愿你们从今以后心连心,
任何恶魔也无法把你们拆散,
不管生活道路有多么坎坷,
不管前进路上遇到多少困难。

"愿你们能够同甘共苦,
愿你们能够乘风破浪,
愿你们海枯石烂不变心,
愿你们能与天地共存亡。

"爷爷永远爱护你们,
爷爷是你们的大后方,
遇到坏人我们同仇敌忾,
遇到好人与他联谊友好。

"为了实现你们的愿望,
此次兴师动众远途征战,
我们出来已经一年多,
爷爷要带着你们返回家乡。

"我们的家乡是好地方,
那里山好水美人气旺,
我们返回家乡去定居,
幸福生活万万年长。"

帕亨达王爷边说边拴线,
孙子的幸福就是他的心愿,
为了实现这美好的愿望,
他的心血没有白白流淌。

隆重婚礼大功告成,
宾主又在一块热闹一番,
大家酒足饭饱之后,
盛会至此宣布结束。

客人先后告别而去,
帕亨达王爷也准备班师回国,
他向帕农板辞行之后,
下达了开拔回乡命令。

帕丙比桑开始行动,
纳林答将军也开始行动,
各个大将军分头传令,
撤军的号令传到各个兵营。

新郎新娘惜别两位母后,
他们似乎还有千言万语要讲,
他们含着热泪欲言无语,
无声的泪水胜过千言万语。

此时婻乌莎公主心情沉重,
她向亲人们依依惜别:
"至尊的大王啊奴的哥哥,
还有奴至高无上的母后。

"现在啊奴就要和丈夫离去,
请以哥哥为首的王族宗亲,
嫂子和母后宽恕奴的罪过吧,
宽恕奴以前的无知和过失。

"也许过去奴的行为不检点,
冒犯了母后和兄长嫂嫂,
犯下不可饶恕的罪孽,
奴怕将来遭到因果报应。

"因此向母后和王兄谢罪,
请宽恕奴的罪过吧!"
三位王亲伸手抚摸乌莎的背,
表示原谅她所有的罪过。

勐迦湿举行告别仪式,
冤家变亲家仿佛游戏一场,
往日的仇怨如流水逝去,
噩梦醒来已是美好春光。

帕农板会同两位母后,
带着勐迦湿的文武百官,
他们一道给王爷送行,
再次把心迹表露:

"从今以后我们相距遥远,
所有的罪孽一去不再复返,
祈望长辈们宽恕我们,
让仇恨之火永不复燃。"

帕亨达王爷也当场作出回应,
宣布宽恕他们的过失和莽撞,
相互间的仇恨从此不复存在,
两勐之间架起友谊的桥梁。

王爷用手搭在干孙子头上,
用慈爱的目光看着帕农板,
他对帕农板无限信任,
对他治理国家寄予厚望:

"各位男女老少们啊,
尊敬的勐迦湿乡亲,
阴雨的天气已经结束,
未来天空是无限阳光。

"我祝福你们身体健康,
祝福你们的生活美满,
祝福你们没有天灾人祸,
祝福你们发达兴旺。"

随后帕农板率领群臣,
还有成千上万的民众,
组成盛大的欢送队伍,
护送王爷一行回驻地营房。

庞大的欢送队伍来到勐邦果营地,
两勐官兵又在这里联欢,
留守官兵走出碉堡,
双方再次汇集在昨日的战场。

昨日他们在这里刀枪拼杀,
今日握手言和仇人变朋友,
昨日的阴影已全部散尽,
今日载歌载舞共庆吉祥。

为了消除积淀心头的怨恨,
官兵们把赞歌唱得很响亮,
歌声鼓声锣声此起彼伏,
联欢会高潮迭起通宵达旦。

联欢晚会结束之后,
帕亨达让农板在总部休息,
还有护送来的四十万将士,
安置在外面的营房里小住。

到了第二天清晨天刚亮,
勐邦果联军准备起程,
他们要返回勐邦果家乡,
帕亨达下令击鼓发出号令。

将士们听到鼓声,
迅速集合准备出发,
帕巴罗带着爱妻乌莎,
同骑一匹神马在最前面。

各路军队各就各位,
全体官兵整装待发,
一百二十八阿呵的傣兵,
集合成整齐队形非常壮观。

欢送的锣鼓接着敲响,
大部队雄赳赳气昂昂,
他们听着长官的口令,
迈着整齐步伐离开战场。

天神提着乌莎的塔楼，
　　如同拿着一朵莲花一样，
　　　　飞翔在大部队上空，
　　　　飞向勐邦果方向。

　　　　大部队离开勐迦湿，
　　　　走过平坝越过山川，
　　　穿过莽莽的原始森林，
　　　行进在返乡的路途上。

　　　返乡的路程非常遥远，
　他们停下住宿一晚又一晚，
　　　　各路军队如一股铁流，
　川流不息过了一站又一站。

　　亿万军队在密林中行进，
　　森林中的动物惊恐万状，
　它们不知发生什么事情，
　　　东躲西藏四处逃窜。

　　　军队行动非常缓慢，
　　　人马走过尘土飞扬，
　　飞扬的尘土遮天蔽日，
将士们个个变成泥人一样。

　各路军队行进浩浩荡荡，
远远望去如蚂蚁搬家一样，
　　　他们住下宿营的时候，
　又像黄蜂的窝巢排列成行。

　军队翻山越岭风餐露宿，
　　　行军跋涉历尽艰辛，
因军队人数太多速度缓慢，
　　　帕雅因在天上见到心慌。

　帕雅因施法把路程缩短，
　　　　　两个月的路程，
　　　　只用了七天时间，
大部队就到达勐邦果边境。

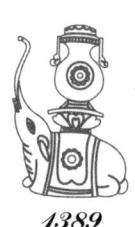

大部队马不停蹄前进，
终于到达王城广场，
官员们和百姓隆重迎接，
欢迎帕亨达王凯旋归来。

此次离家一年零四个月，
此次征战打了大胜仗，
将士们虽然吃了不少苦头，
回来后个个容光焕发。

欢迎仪式非常隆重，
人们给英雄佩戴花环，
人们向将士们抛撒鲜花，
赞美的颂歌特别嘹亮。

王爷走上金色的王宫大礼台，
顿时欢呼声惊天动地，
王爷接受各方参拜，
凯旋军队无限风光。

巴罗与乌莎向王太后请安，
王太后对孙媳妇从心里喜欢，
她甜甜地亲了孙媳妇额头，
抚摸着她的秀发夸个没完。

婻苏塔妮提娜奶奶很想念王爷，
王爷凯旋她整夜未眠盼到天亮，
老夫妻分别已经一年多，
想念王爷想到心里发慌。

王太后来拜见王爷的时候，
一万六千名宫女紧跟身旁，
王太后见到帕亨达王爷，
激动得流下热泪两行。

接着是丙比桑国王的王后，
她的心情同母后一样，
见到丙比桑王也非常激动，
恨不得一下子扑到他身上。

帕昆代王后也来迎接丈夫,
上千名宫女为她摇扇,
她慢步走到丈夫面前,
彬彬有礼落落大方。

帕巴罗带着新婚妻子乌莎,
不像父王和爷爷紧张,
而他家里的四位仙妻,
心情同他完全不一样。

丈夫离开她们那么长时间,
她们日夜思念望眼欲穿,
虽然丈夫又娶了位新老婆,
但彼此的夫妻感情没有影响。

婻乌莎公主是盖世美女,
她的姿容比前四位更漂亮,
丈夫能娶到这样美貌的女子,
四位妻子都认为是理所当然。

她们一起来拜见帕巴罗,
面带笑容没给丈夫难看,
她们亲热地拉着乌莎的手,
热情地嘘寒问暖。

紧接着是众帕雅和官员们,
他们也来参拜老王爷,
来参拜的还有大小富翁,
以及各寨的头人们。

参拜的人络绎不绝,
人员来自四面八方,
参拜王爷和各国国王之后,
人们又去慰问战士和军官。

慰问活动接连几天,
慰问的礼品堆积如山,
慰问后又举行庆功大会,
军民共享胜利欢乐。

庆功会非常隆重,
数十万军民汇集大广场,
歌颂帕亨达王爷凯旋,
歌颂帕亨达王爷功德无量。

"我们头顶上的王爷啊,
您才气过人洪福宽广,
您亲自指挥千军万马,
您百战百胜捷报频传。

"如今敌人已被歼灭,
处死了万恶的帕板王,
战争取得了完全胜利,
证明了大王举世无双。

"您的福气广大无边,
您在世上最有名望,
我们在大王的福荫之下,
太平日子万年长。"

在这庆功大会上,
帕亨达王爷兴奋异常,
他向众人讲述战争经过,
连每个战役的情节也讲到。

他的讲述既能高度概括,
又生动具体详略得当,
他讲到了罪恶滔天的帕板,
描述了击毙他时的情形。

他说帕板捧麻典非一般将领,
他的武艺和法术异常高强,
他不死战争就无法结束,
处死他付出了代价和力量。

处死帕板捧麻典之后,
迎来了战争胜利曙光,
勐迦湿已经全线崩溃,
至此他们才宣布投降。

战争结束之后又做了两件大事，
扶持帕农板王子继位当国王，
还为帕巴罗举行结婚仪式，
把善后事情办得功德圆满。

现在两勐之间不再是敌人，
勐迦湿和勐邦果结成友邦，
两勐还签订了和平条约，
架起了金色的友谊桥梁。

各方人士听了王爷讲述，
都由衷佩服王爷的才干，
人们为有这样的老王爷而骄傲，
身为他的臣民都深感荣幸。

接着帕亨达王爷庄严宣布，
举国上下举行大联欢，
他交代手下大臣传达命令，
大臣猛击大鼓咚咚响。

持续的鼓声传遍四方，
王城内外都能听到，
全勐男女老少听到鼓声，
梳妆打扮赶来参加大联欢。

参加联欢的人比过新年还高兴，
有的骑马有的骑大象，
有的走路有的坐牛车，
有的扶老携幼全家出行。

有的穿林过河翻高山，
老百姓不管路途多遥远，
谁也不愿错过这个机会，
仿佛能参加盛会将永世平安。

全国通令放假七天，
做工务农全部停止，
城里店铺也全部关门，
人人都到广场参加联欢。

联欢会开始的时候,
鼓乐齐鸣热闹非凡,
女人跳着孔雀舞,
男人敲响铓锣舞动傣拳。

有的还吹着汉人做的笛子,
那笛声响起来特别委婉,
有的吹着用海螺壳做的号角,
仿佛千军万马冲锋上战场。

悦耳动听的乐声此起彼伏,
欢声笑语在空中回荡,
有的人还玩起杂耍,
用手当脚倒立着绕场一圈。

有的表演刀枪不入的功夫,
令人看后瞠目结舌胆战心惊,
有的用下巴顶着锋利刀子,
有的赤着脚走刀架的桥。

男女青年混合跳群体舞,
舞姿优美令人眼花缭乱,
有的手拿金扇唱着赞哈调,
美妙的歌声拨动人们的心弦。

联欢活动持续了七天七夜,
有什么功夫全拿出来亮相,
欢乐使人们忘记了疲劳,
普天同庆官民同乐。

王爷一边与百姓同乐,
一边接受臣民的祝福,
他听着百姓赞美的颂歌,
陶醉在胜利之后的甘甜。

联欢后还让民众参观战利品,
画师还绘制战争图让人观看,
用实物教育官员和百姓,
让人们感受战争的残酷。

歌舞的幕布徐徐降落,
王爷宣布联欢会收场,
参加联欢的人准备返回,
胜利的喜悦依然未散。

乘着余兴未消之际,
帕巴罗国王重新划分地盘,
他重新设立二十八个区域,
并委派官员分管。

又新建了二十八座金色宫殿,
宫殿建成塔楼的式样,
用以歌颂帕亨达王爷的功绩,
作为永久的战争纪念馆。

建馆活动经过紧张施工,
很快就建成向民众开放,
这一举措意义重大,
得到民众的高度赞扬。

一切活动结束之后,
各国国王告辞回乡,
临行前接受帕亨达的祷告,
他用最美好的话表达愿望。

祝福他们健康长寿,
在未来一切顺畅,
生活更加美满幸福,
战胜一切艰难险阻。

王爷按照各位将领的功劳,
授予他们荣誉勋章,
勋章用金银铸造,
大小不同按功劳衡量。

王爷还向各位发送奖励品,
奖励品也论功劳行赏,
功劳大的得到的就多,
功劳小的也得到一定分量。

发奖励品时场面很热闹,
由美丽的宫女奉送给各大将领,
参战人员每人都有一份,
每个人脸上都喜气洋洋。

王家的将领个个是英雄,
英雄军队势不可当,
他们在战争中经过考验,
受到磨炼更加坚强。

王爷对将领进行褒奖,
将领把功劳归于帕亨达王,
众人说胜利全托王爷的福分,
有了王爷的福分才能打胜仗。

随后经过王爷批准,
巴罗对军队重新整编,
把一百二十八阿呵的傣兵,
分为一百二十八支军队。

傣兵在将军的率领下,
回到各自的家乡,
家乡人民热烈欢迎,
将士们脸上无限荣光。

家乡人民迎来凯旋军队,
老百姓也激发出自豪感,
将士们回到各自勐之后,
分别在各勐举行大联欢。

按照王城联欢的方式,
各勐的联欢也是通宵达旦,
联欢长达七天七夜,
人们尽情表达胜利的喜悦。

臣民们向他们的国王和将领,
歌功颂德以表达心中敬仰,
人们还把战斗故事编成傣戏,
现编现演向民众广为宣传。

各勐的父老乡亲们，
还慰问国王和大将，
联欢会上人山人海，
人们载歌载舞尽情欢乐。

话说勐邦果国王丙比桑，
也带着儿子和儿媳回家乡，
他们离开勐达腊迦的时候，
王爷依依不舍为儿孙们送行。

巴罗和父亲回到勐邦果，
欢迎的官民成千上万，
首辅大臣将他们迎进王宫，
扶他们坐到松软的金床上。

温柔善良的王后坐在他们身旁，
成千上万的宫女簇拥着父子俩，
宫女们给新老国王送茶递水，
有的给新老国王端来红槟榔。

宫女们对新老国王服侍周到，
有的为新老国王摇金扇纳凉，
纳凉的金扇做工非常精美，
给新老国王送去阵阵凉爽。

一部分宫女侍候帕巴罗，
还有的侍候着婻乌莎，
把他们迎进金色的宫楼，
这是专为新婚建造的楼房。

帕巴罗的前四位妻子，
也到宫楼同他们做伴，
服侍他们夫妻的宫女，
多达一万六千个姑娘。

六个人在宫楼里亲密无间，
朗朗的笑语把宫楼装满，
五个妻子都想博得丈夫开心，
五个妻子帕巴罗都喜欢。

第六十章

特别是之前的四位妻子，
同丈夫分开时间已很长，
她们思念丈夫心情迫切，
都想得到丈夫的温暖。

俗话说久别胜新婚，
丈夫的心情同妻子们一样，
帕巴罗没有冷落每一位妻子，
他把爱与妻子们共同分享。

丙比桑老国王接受参拜之后，
滔滔不绝讲述打仗的情况，
他讲述战争中动人的故事，
讲述他在战场上救死扶伤。

他描绘战场上的战斗经过，
他的讲述绘声绘色动人心弦，
特别是帕板捧麻典被击毙的经过，
每个细节都讲得十分生动。

官员们听了老国王讲述，
仿佛亲自上了战场，
他们情不自禁鼓掌欢呼，
老国王的讲述经常被掌声打断。

勐邦果也举行七天大联欢，
联欢会盛况空前，
人们欢呼战争取得胜利，
欢呼天下太平充满阳光。

一切灾荒战祸已经过去，
人们安居乐业不再有麻烦，
一百零一个勐的傣家人民，
紧密团结不再受外强侵犯。

天神运送婻乌莎的塔楼，
与大部队同时来到勐邦果，
塔楼安放在王城广场，
天神完成使命返回梵天界。

佛祖世尊讲完这段故事后说：
"众比丘啊，
帕亨达率领着他的大军返乡，
回家的路遥远漫长。

"帕雅因帮忙将路程缩短，
原本要走两个月的路程，
他们只走了七天，
终于回到了久别的家乡。

"大军进入勐邦果境内，
帕丙比桑就派人先行通报，
他派使臣将信送达王宫，
喜讯传到勐达腊迦王城。

"大臣官员们得知消息，
无比高兴欢呼雀跃，
急忙派人备好美味佳肴，
准备到宿营地去迎接。

"迎接队伍由帕雅先敦带领，
人数是九百八十万随员，
带上备好的各种佳肴，
首先慰劳凯旋的远征军。

"他们排成长长的队伍，
浩浩荡荡地从王城出动，
去到帕亨达停歇的营地，
迎接帕亨达大王回宫。

"帕雅先敦到达营地后，
把食物献给大王享用，
帕亨达吩咐大臣们，
把食物分给将士共享。

"犒劳辛苦的将士们，
大家享用后天色渐晚，
他们搭起临时休息棚子，
就在棚子里睡了一晚上。

1399

第六十章

"第二天天刚亮,
大家都起来吃过早餐,
王爷就带着军队继续赶路,
队伍直奔勐达腊迦王城。

"王城内的人听到消息,
奔走相告喜形于色,
大王今天就要回宫,
人们自发前来迎接。

"婻苏塔妮提娜王后,
心情激动欣喜若狂,
她急忙带领宫女,
迎接久别的夫君返乡。

"昆代也带着随员们,
回到自己的王宫里,
四位仙妻见丈夫回府,
无比兴奋急忙出来迎接。

"她们对丈夫倾诉思念之情,
互吐心声情意绵绵:
'奴亲爱的夫君啊,
您此次出征终于凯旋。

"'您率兵冲锋上前线,
肯定受了不少苦和累,
不知有没有受伤和生病,
现在是否恢复健康?'

"昆代回答了妻子的询问,
还说了农板大义灭亲的壮举,
他把战争的精彩故事,
说给四位妻子共同分享。

"帕巴罗与婻乌莎公主,
去拜见老王后,
也就是婻苏塔尼提娜奶奶,
祖孙见面欣喜若狂。

"尤其是奶奶见到美丽孙媳,
就是婀娜多姿的媥乌莎公主,
高兴得合不拢嘴,
孙媳妇扑过去把奶奶搂紧。

"媥苏塔尼提娜奶奶非常开心,
紧紧地把孙媳妇搂到怀里,
内心的喜悦喷涌而出,
禁不住热泪流了满面。

"奶奶对孙儿孙媳说:
'我亲爱的两位爱孙啊,
你们是如此般配,
要相亲相爱到永远。'

"众帕雅和婆罗门贵族,
都来迎接帕亨达大王凯旋,
接受众人拜见之后,
帕亨达还把战争的情况细讲。

"大臣官员们听到胜利的故事,
双手合十向大君王拜谢,
之后各地又举行庆祝活动,
庆祝活动连续七天七夜。

"庆祝活动规模宏大,
各式各样的节目精彩纷呈,
各种杂耍样样俱全,
庆贺盟军大获全胜凯旋归来。"